Temperino rosso
edizioni

Attilio Fortini

Il far venire all'essere dell'arte

Titolo: Il far venire all'essere dell'arte

Autore: Attilio Fortini

Editore: Temperino rosso edizioni

Prima edizione 2014

© 2014 Temperino Rosso Edizioni Fortini

ISBN 978-88-98894-14-7

Il far venire all'essere

dell'arte

a

Lino

Grazia

Silvana

Gioconda

con molto

a f f e t t o

Introduzione

Gli argomenti che qui vengono presentati sono quanto man mano è emerso nel considerare il concetto di caso in relazione all'arte. Lo specifico percorso intrapreso non è comunque immune dal tipo di approccio che si è rivolto verso questo concetto, ossia l'aver riscontrato che sia la filosofia di Martin Heidegger che l'arte di Marcel Duchamp fossero accomunabili da un carattere che sinteticamente si potrebbe definire come *accogliente*.

Ed è propriamente l'impiego del caso nella pratica artistica di Duchamp ad essere in lui una sorta di manifestazione di questo carattere. Questo concetto verrà quindi messo in luce nelle sue implicazioni con il contributo principale delle concezioni filosofiche di Heidegger, sia riguardanti la sua ontologia, che più specificatamente l'idea di arte nelle sue possibilità di mostrare il vero. L'arte in effetti si è sempre interessata al casuale, ma è indubbio che con i movimenti artistici dell'inizio Novecento questo interesse ha trovato un notevole acuirsi. Ed è questa evidenza che muove la domanda iniziale del presente scritto: come mai l'arte ha un atteggiamento collaborativo con il casuale mentre la scienza ne possiede uno per lo più ostile, al punto di arrivare in alcune situazioni a ritenere che il caso non esiste nemmeno, dato che in fondo tutto rimane sottoponibile a delle leggi?

Il *primo capitolo* pertanto si fa carico di questo interrogativo, il quale affonda le sue origini proprio nei principi filosofici basilari della scienza, rintracciabili negli scritti di Aristotele. E' in effetti questo filosofo a 'vestire' il *Principio di non contraddizione* delle possenti strutture della logica, come anche a trattare per primo e in modo metodico le questioni inerenti il caso. *Nella Fisica* e nella *Metafisica* aristotelica il *Principio di non contraddizione* si rafforza sulle orme di un sommesso '*Principio di esclusione*'. Avendo Aristotele escluso l'accidente dalla sostanzialità dell'essere, dato che lo riteneva un elemento che ne comprometteva la sua l'integrità, ha fatto sì che si potesse rafforzare anche l'univocità del pensiero, permettendogli appunto di non contraddirsi. Il caso è visto da Aristotele principalmente come la minaccia dell'indeterminato, come ciò che contraddice la chiarezza dell'intenzionalità umana. Alla stessa stregua perciò egli tratta anche la concezione eraclitea dell'*En Panta*, la quale nella sua indeterminazione mette a rischio le possibilità univoche del volere.

L'atteggiamento aristotelico viene quindi a profilarsi, negli scritti citati, come motivato a far sì che gli intenti umani prevalgano sempre nel modo di considerare la realtà. Ciò che Aristotele quindi persegue è consono anche agli intendimenti della scienza moderna, la quale dichiara apertamente che i suoi scopi sono pratici, ovvero sono a favore della conoscenza dei fatti, e quindi finalizzati ad un intervento effettivo nel reale. Quanto detto mette in luce le peculiarità delle scienze, le quali marcatamente si distinguono da quelle riguardanti l'universo dell'arte. In merito a questo ambito Aristotele evidenzia nell'*Etica Nicomachea* un modo diverso di intendere il casuale stesso. Esso non è più considerabile solo come ciò di cui, per *la sua unicità*, non c'è scienza. Ma bensì, proprio perché mancante di universalità e di necessità, ciò che partecipa al far *venire all'essere* dell'arte, la quale ha appunto come suoi oggetti, in modo simile al caso, cose non indispensabili.

E' appunto sulla base della sua unicità che il casuale viene escluso e avversato dalle esigenze di controllo delle scienze empiriche, e invece accolto da quelle dell'arte, il cui fine è appunto l'unicità delle proprie creazioni. In questo ordine di discorsi che Aristotele però non approfondisce si inseriscono invece le argomentazioni heideggeriane. Il suo tornare alle origini del pensiero filosofico è anche un riconsiderare diversamente il modo d'intendere l'indefinito stesso. L'*En Panta* eracliteo non è più per lui aristotelicamente qualche cosa da 'combattere', proprio perché la vittoria sulla contraddizione equivale ad una riduzione del senso dell'esistente, e quindi a divenire sordi nei confronti di ciò che le cose sono invece nella loro essenza. Se il metodo scientifico trova le sue origini nella esclusione aristotelica di ciò che è indeterminato attraverso la riduzione del *perché* qualche cosa avviene, al suo solo *come* avviene, allora per Heidegger viene perso il senso del fare stesso, come anche la possibilità di realizzare un'arte che ci parli della verità, più che delle semplici funzioni che essa svolge. Ciò perché si perde la possibilità dell'evento, ossia che qualche cosa che non appartiene alle nostre intenzioni possa giungere. In questo modo l'unicità dell'evento non può che rimanere vittima dell'avvento, che per Heidegger è ripetizione ciclica del medesimo, la quale assolve più il compito di controllo dell'esistente che non quello di comprenderne il senso. I diversi modi di intendere il casuale sono sintomo perciò anche di modi diversi di pensare. Quello che ha espulso l'indeterminatezza è un pensiero che ha anche ridotto la complessità dell'esistente alla sua usabilità, ed è perciò un pensiero ordinativo che ha come riferimento i rapporti logici di dipendenza e subordinazione. Quello che invece si è disposto ad accogliere l'unicità dell'evento, appare invece continuare a trarre le sue motivazioni dall'indefinizione dell'*En Panta* eracliteo, ossia da quell'unione degli opposti che attraverso l'impossibilità di una definizione univoca continuano a mantenere aperto l'interrogativo sulla verità; questa quindi non può certamente venir considerata solo come qualcosa che si dà in modo aprioristico.

Il *secondo capitolo* partendo dalla definizione guadagnata in precedenza per cui il caso sarebbe quanto collabora con l'arte nel far *venire all'essere*, verranno evidenziate le specifiche modalità in cui questo modo si rende effettivo. Esso rimarrà comunque sempre all'interno di una negazione e di una affermazione dialettica. La negazione verrà rivolta alla concezione scientifica aristotelica, la quale escludendo il casuale dalla sostanza dell'essere ha ridotto la complessità dell'esistente alla sua non contraddizione, ossia ha mutilato l'esistente dei suoi opposti, mentre l'affermazione sarà invece rivolta a quanto ha motivato l'espulsione del caso dalla scienza, ovvero la sua capacità d'infondere alle cose l'unicità. Ma proprio perché l'arte non è priva della tecnica, dato che il suo attuarsi rimane un'azione condotta nei confronti del reale, essa non può nemmeno trascurare la domanda sul *come* agire. Per questo l'arte non può che collaborare con il caso, più che farsi da esso dominare, e mantenersi comunque sempre anche nella sfera 'scientifica' dell'intenzione. In questo modo essa non potrà quindi che rimanere all'interno di un rapporto di affermazione e negazione dialettica, senza mai concludersi in un dominio esclusivo. Ed è in fondo questa caratteristica che fa sì che l'arte, rimanendo all'interno dei contrari, rimanendo nell'ambito della contraddizione, possa essa stessa contraddire. Con il movimento Dadà le implicazioni del casuale saranno effettivamente impiegate come veri e propri strumenti per dire-contro l'asservimento qualitativo dell'arte. L'arte dadaista nel suo contraddire le esigenze del bello, avrà il compito di salvare l'arte dal suo divenire qualche cosa di *esclusivamente* utile. Utile alle necessità di piacevolezza della borghesia ad esempio; necessità che inducono l'arte a dissolversi però nella sua riduzione a qualche cosa di cui se ne può avere solo aspettativa, ponendo l'arte solo nella sfera della ripetizione. Questo intento ripetitivo è quanto appunto annullando l'unicità dell'evento annulla anche le peculiarità proprie dell'arte. Esso verrà ostacolato come tendenza che è frutto di un pensiero i cui fini sono solo logici, sono solo funzionali al soggetto che pone in atto la *sua* logica.

Il gusto verrà considerato da Duchamp come una minaccia per l'integrità dell'arte, dato che esso è sempre da ritenere come il volere che un piacere provato ritorni. Egli valorizzerà invece quelle esperienze estetiche che pongono nei confronti dell'arte come nei confronti di un sapere unico e non universale; un sapere che viene dato ad ognuno, in modo sempre diverso, e per nulla genericamente trasmissibile. L'artista non potrà essere quindi null'altro che un tramite, più che un creatore di opere che possiedano un valore complessivo per tutta l'umanità. Un tramite tra il mondo del non ancora nato, dell'indefinito, e quello del definito; ossia delle idee degli uomini, nel loro essere però anche *singoli* uomini. Duchamp renderà bene evidente la funzione dell'artista medium nella sua opera dal titolo *3 stoppages étalon*. Questa può benissimo essere considerata come il campione rappresentativo di quel *far venire all'essere* dell'arte, proprio perché con quest'opera viene essenzialmente mostrato come avviene il fare stesso dell'arte. Esso si pone appunto tra due opposti: uno di questi si evidenzia nell'intenzione, la quale da sola non potrebbe che offrire una concezione ordinativa, realizzata sulla infinita ripetitività dell'astrazione numerica, mentre l'altro nelle cose, le quali nel loro darsi casuale permettono al sempre uguale dell'uno di divenire singolare, quindi unico, e con un proprio destino. Ma allo stesso tempo anche le cose nelle loro ragioni casuali, se non fossero accolte dalla stabilità dell'idea, non potrebbero essere altro che nulla. Diviene perciò importante affinché l'arte attui il suo compito, che si confronti incessantemente con la dimensione della stabilità e della instabilità, che non si fissi su delle posizioni aprioristiche, come allo stesso tempo non rimanga in balia del caso. E' per questi motivi che per Duchamp è importante la scelta più che la decisione, in quanto quest'ultima è imposizione delle proprie esigenze, mentre la scelta è definizione delle possibilità che appartengono alle cose stesse. La scelta si configura quindi come elemento che media tra l'intenzione, la quale si presenta come definizione delle possibilità, e quello che le cose sono nel loro libero stare, nelle loro indefinite possibilità. Essa non può che rimanere quindi vincolata sia alla determinazione che alla indeterminazione, proprio perché è sempre scelta di qualche cosa che c'è già, prima della determinazione stessa, e che per nulla è qualcosa d'inesistente, riferibile solo ad un desiderio fantastico. Ed è in questo senso che la scelta *fa venire all'essere*, in quanto conduce l'esistenza indefinita delle possibilità delle cose nella definizione di *essere* qualche cosa. Ponendosi tra gli opposti la scelta non sarà comunque mai 'pacifica', ma dovrà sempre guadagnare le sue determinazioni all'interno di una lotta.

Nella seconda parte l'interesse sarà quindi rivolto a come l'arte mantenendosi negli opposti, ossia all'interno di una lotta perenne, possa essere in grado di mostrare qualche cosa che non sia solo l'esito dell'idealità, ma della considerazione complessiva dell'esistente, e che questa, proprio perché tale, sia anche qualcosa di vero. Vanno comunque fatte alcune precisazioni generali, dato che avere come filo conduttore del discorso il caso, è un po' come trovarsi su un autoveicolo guidato da un conducente poco sobrio. In effetti il casuale non è certamente qualche cosa che possa essere osservato con obiettività. Esso è in fondo comunemente niente altro che il giudizio di alcune apparenze non continue e regolari, quindi non sottoponibili a delle regole prestabilite. Il caso è quindi tutto quanto non ha confini evidenti, che non ha ricevuto ordini o ordinamenti precisi dalle idee umane, proprio perché la ripetizione del suo fenomeno è incerta. Questo essendo inteso generalmente come il non ordinato, appartiene in fondo anche a tutti gli ambiti ordinati. Esso è come un rimanente di questi ambiti. Le sue manifestazioni sono perciò innumerevoli come per alcuni versi imprevedibili. Una parte di casuale è rintracciabile in tutte le discipline del sapere, come anche in ogni 'angolo' della vita. Questa ha sempre una parte non preordinata, non conosciuta, che non si può definire in modo palese, di cui non è possibile sapere, proprio perché non appartiene a nessun ordine, neppure dove effettivamente si trovi.

Questo argomento non fa eccezioni perciò neppure per l'arte. In essa non si possono definire degli spazi di puro caso, dato che quest'ultimo è sempre vincolato alla regola, è riconoscibile solo come mancanza di un ordine consueto. Il caso è sempre commistionato con le leggi dell'intenzione. Ma se da un lato questa commistione è quanto favorisce l'assenza di una univoca evidenza del casuale, è anche la condizione indispensabile affinché nell'arte sia collocata quella tensione tra le ragioni umane e casuali delle cose, che è in definitiva anche quanto permette che i prodotti dell'arte siano entità che ci parlano della verità di quella lotta, della verità di quanto esiste, dato che questo non è mai qualcosa di assolutamente indipendente.

Nel *terzo capitolo* gli interrogativi che verranno vagliati saranno perciò i seguenti: come l'arte può non morire nella sua dominazione da parte del soggetto? Come può salvarsi dal dissolvimento della romantica ed infinita spiritualità soggettiva? Queste domande troveranno delle possibili risposte in una concezione d'umorismo dialettico. Il ridere come tradimento delle aspettative è l'effetto di ciò che porta con sé i caratteri della casualità. Il fenomeno che induce a ridere possiede, proprio per la sua unicità, un'apparenza imprevedibile. Ma se l'uomo strumentalizza a suo favore la casualità che fa scaturire il ridere, imprimendola delle sue esigenze soggettive, perde anche l'autenticità che quei fenomeni stessi possiedono, perde il senso che questi di per sé invece hanno. Riconducendo le cose al loro uso, l'uomo ne maschera quello che invece queste sono nella loro indipendenza. L'umorismo oggettivo è invece una modalità ove la sensibilità umana si coniuga con quanto le cose sono nel loro se stesse, indipendentemente dal loro uso, ed è perciò in grado attraverso il tradimento delle aspettative, ossia del modo in cui queste generalmente si usano, di mostrarne invece la loro verità propria. Ed è perciò in questa strada che Hegel vede la possibilità che l'arte pur morendo nel suo nome possa continuare a non morire nella sua verità. Così anche lo stesso Duchamp, 'tradendo' i canoni tradizionali dell'arte, non tradisce la verità dell'arte, dato che piuttosto che tentare di assoggettare le cose alle sue intenzioni realizzative, egli preferisce ricercarvi le loro possibilità singolari. Possibilità, sia ben chiaro, non da usare come fossero delle risorse indifferenti, ma bensì da indagare con attenzione tramite la 'sofferente' lotta della scelta. E se le cose saranno trattate rispettando quello che sono nella loro indipendenza casuale, allora potranno anche aiutare l'uomo ad allargare i suoi orizzonti, permettendogli di *vedere il mai visto*. Ma tutto questo potrà realizzarsi solo se non si vedrà il caso semplicemente come qualche cosa che manca di leggi, e a cui si debba solo dare un ordine che apparentemente non ha, ma bensì come le ragioni delle cose nel loro libero manifestarsi, dato che il voler legiferare tutto l'esistente corrisponde a volerlo solo dominare. Ed è questa volontà di dominio che stende un velo scuro su quanto le cose sono prima di essere qualche cosa esclusivamente per noi. Heidegger nomina ciò come il rapporto conflittuale tra Terra e Mondo. La Terra come le possibilità originarie e fondative dell'abitare dell'uomo, il Mondo come l'insieme delle concezioni che formano questo abitare stesso. Ma se l'uomo non è attento ad altro che alle necessità imminenti del suo abitare, egli perde di vista ciò su cui invece ha origine questo abitare, smarrendone quindi anche il suo senso più fondamentale. L'uomo in questo modo non può che vivere depauperato della verità che gli appartiene, proprio come se al contrario vedesse solo le esigenze fondative della Terra.

Pertanto per Heidegger l'arte sarà in grado di mostrare la verità solo se essa non avrà colto né semplicemente le esigenze del Mondo, come neppure solo quelle della Terra. Quindi solo se essa sarà riuscita a mettere in campo la lotta fra quelle diverse esigenze, l'arte avrà anche attuato la verità di quella lotta, la quale nel mostrarsi non potrà che essere il divenire storicizzante della verità stessa. L'opera d'arte per Heidegger sarà in grado di mostrare la verità quando non verrà realizzata né solo come copia delle idee intenzionali, né solo per puro caso. La sua verità sarà invece relativa a quanto le ragioni dell'intenzione umana e quella delle cose saranno vicendevolmente evidenti nell'opera stessa.

Il *quarto capitolo*, sulla stregua di queste considerazioni, proporrà una interpretazione di come il casuale, qui nominato come aleatorio per l'affinità etimologica che questo termine possiede con il gioco dei dadi, ha agito concretamente nell'arte, al fine di contribuire alla sua verità. Il senso del termine aleatorio viene qui impiegato per evidenziare come la presenza del caso all'interno di una realizzazione artistica sia prevalentemente il risultato di un'esplicita richiesta compiuta consapevolmente dall'artista. Che il casuale si mostri in un'opera d'arte non avviene alla stessa stregua. Il caso è collocato dall'intenzione proprio perché è questa che gli lascia spazio. Come avviene appunto per il gioco dei dadi, in cui il caso ha modo di attuarsi per il fatto che l'intenzione ha realizzato quegli oggetti in modo tale che nel loro lancio possano accogliere l'effetto del caso medesimo. Ma allo stesso tempo a questi oggetti è stato anche posto un limite ben definito, che coincide con la struttura stessa dei dadi e che l'intenzione ha volutamente realizzato. In questo senso il caso è quanto partecipa al dado su esplicita richiesta della sua struttura. Ed è in questo modo che anche l'artista farà intervenire il caso nelle sue opere, ma sempre nei limiti della alea del dado, nei limiti della struttura stessa che l'intenzione ha riservato al caso. Questo atteggiamento sarà l'evidenza di una volontà che vuole heideggerianamente "slargare" (die Lichtung) lo sguardo su una visione che non sia esclusivamente frutto delle ragioni del Mondo, ma che appunto sia accogliente anche di quelle della Terra, perché solo in questo modo l'arte può mostrare qualche cosa che non ha solo la parvenza del nuovo, ma che bensì è veramente nuovo. Questo slargo intenzionale sulle ragioni casuali delle cose si mostrerà in alcune opere della storia dell'arte. Nel presente scritto ne verranno esaminate due tipologie. La prima che riguarda l'intervento aleatorio nella dimensione rappresentativa e che si mostra come la parte contingente ed effettiva, ma non idealmente necessaria, di una rappresentazione. Questa verrà nominata come *al margine*, proprio perché è la parte non indispensabile del dipinto, ma anche quella che infonde alla parte centrale, corrispondente generalmente ai suoi soggetti intenzionali e per lo più tipici, come anche a tutto il dipinto, i caratteri dell'unicità significativa. Nella seconda invece l'aleatorio riguarderà l'attenzione alla materia stessa che compone l'opera nella sua definizione dei margini della raffigurazione, e verrà quindi nominata come *il margine*. Pertanto in questa tipologia avrà rilevanza il metodo stesso che s'impiegherà per la realizzazione dell'opera, il quale avrà dei contenuti aleatori propriamente nella scelta strutturale sia dei materiali che degli strumenti. Questi saranno perciò impiegati per ciò che sono, più che usati per simulare qualcosa d'altro. In questo modo assieme alle ragioni rappresentative dell'intenzione vi saranno ad esempio anche quelle della materialità del colore e della strumentalità del pennello, a presentarsi nell'evidenza della pennellata, che a questo punto non potrà più essere solo l'esito di un esclusivo dominio volitivo. Nell'ultima parte del capitolo verrà esaminata quella che è considerata l'opera maggiore di Duchamp: il suo *Grande Vetro*. Ciò soprattutto per quanto concerne la presenza in questa opera delle dimensioni aleatorie, dato che essa appare anche come una summa delle due tipologie prima citate. Quella denominata *il margine* risulta mostrarsi nel particolare impiego del vetro che lì funge da supporto. L'altra, *al margine,* riguarda invece l'intento narrativo dell'opera stessa; intento che del resto coinvolge anche in modo iterato nel suo articolarsi simbolico l'evidenza del caso. Codesto sarà l'elemento indispensabile a conferire all'opera il senso del destino, ossia a non permettere che il Vetro si concluda nel suo essere solo un raggruppamento d'idee, potendoci invece raccontare, non solo ciò che pensiamo di essere, ma anche ciò che siamo. Il fatto che Duchamp non porti a conclusione quest'opera è comunque il sintomo di un atteggiamento che considera la verità come qualche cosa che non si può che cercare, e che questa ricerca non può che rimanere nella lotta tra le ragioni dell'uomo e delle cose. Ciò sarà dimostrato in modo chiaro anche quando egli sarà 'invitato' dal caso stesso a partecipare alla realizzazione del *Grande vetro.* Ciò accadrà quando il Vetro andrà casualmente in frantumi, ed egli si prodigherà per renderlo ancora mostrabile, cercando il più possibile di mantenere l'evidenza delle *sue* fratture. In questo modo perciò l'aleatorietà vedrà alternati i ruoli tra invitante ed invitato. Un rovesciamento che potrà avvenire solo per il fatto che sarà stato compreso che sia la vittoria dell'uomo, come quella delle cose, non può che essere una trionfale sconfitta della verità. Questa invece appare appartenere più al dominio di un eracliteo "regno di bambino", il quale giocando pone continuamente in ordine e in disordine. Pone continuamente in forse la stabilità delle nostre acquisizioni. Questa continuità che per Eraclito è il "corso del mondo", è secondo Eugen Fink un vero e proprio "corso cosmico", e ha il suo equivalente nel conflitto tra le opposte divinità nietzschiane: Apollo e Dioniso. Un conflitto che è perciò tra la definizione e l'indefinizione, come quindi tra l'uno e il tutto. Questa lotta, essendo il gioco della perenne contrapposizione, appartiene perciò sia al divino come al regno di un bambino. Essa pertanto richiede d'immedesimarsi in quel Gioco. Richiede all'artista, 'divenendo' bambino, la disponibilità a vivere quel gioco, affinché la sua essenza possa divenire visibile.

I. Tra il giusto ordinamento del pensiero e la disposizione al non pensato

I.1. La non contraddizione del tempo

Pensare...Che meraviglia! L'attività che più ci è famigliare, che custodiamo gelosamente, con cui meglio c'identifichiamo, tanto da essere portati a credere che il nostro pensiero sia in fondo la manifestazione consapevole della nostra anima, e questa, probabilmente, immortale.

Ma se in effetti nutriamo molto affetto nei confronti dell'attività del pensiero, l'attività in se stessa, anche se può risultare appagante, non soddisfa nel suo semplice prodursi nessuna utilità. E' a questa utilità, o meglio, ai fini pratici del pensiero, che Aristotele pensa. Egli in apparente concordanza con Eraclito, il quale diceva "che uno son tutte le cose,"[1] sostiene

---

[1] Eraclito, in *I Presocratici*, a cura di Alessandro Lami, Rizzoli, Milano 1997, p.215, (DK 50b).

che certamente "l'uno è molti"... "ma non le cose opposte."[2] Bisogna comunque prima fare un passo indietro, e ricordare che già Platone, in merito all'argomento della contraddizione, aveva sostenuto che era "chiaro che una stessa cosa non vorrà contemporaneamente fare o subire cose opposte sotto lo stesso aspetto e in relazione alla stessa cosa;"[3] ciò merita attenzione: proprio perché è Platone che pone le premesse al discorso aristotelico, e che offre a questo le basi per tentare di chiarire l'ingrovigliata ed enigmatica sentenza eraclitea. L'analisi della frase platonica mostra il suo cardine nella capacità organizzativa del tempo. Il principale assunto della citazione si manifesta in quel: "non vorrà contemporaneamente"... Viene da chiedersi: Crono? Colui che ha in sé la legge del tempo? E' il vecchio dio, sconfitto da Zeus, che si richiama apertamente in causa attraverso la facoltà di ordinare nel *prima* e nel *poi*? E' a lui che ci si rivolge nuovamente per fare in modo che regni ancora la vecchia e comunque solida gerarchia del tempo, per ridare ordine a tutto ciò che appare confuso?

Ma se Platone offre le basi di quello che verrà definito come *Principio di contraddizione*, è con Aristotele che la materia di codesto viene opportunamente affinata. Con lui la concezione

---

[2] Aristotele, *Fisica*, U.T.E.T., Torino 1999, p137, (186a).

[3] Platone, *Repubblica*, Newton, Roma 1997, p.219, (436a).

crono-logica entra nella costituzione dell'essere, non ordina più semplicemente il *prima* e il *dopo* degli accadimenti, e analogamente delle concezioni, ma la verità che all'essere inerisce, come viene a delinearsi, la sua ripartizione costitutiva, i rapporti che al suo interno si realizzano. Per questi motivi Aristotele afferma che "l'uno è sia in potenza che in atto."[4] Aristotele non chiama più in causa direttamente Crono, non è più questo dio che ha il compito diretto di dominare Caos, e quindi imporre la sua legge incondizionatamente, ma è l'*uno* stesso eracliteo ad essere preso in considerazione; che, come Zeus, si manifesta in modi diversi, producendo appunto i diversi aspetti della realtà; questi non sono altro che la molteplice apparenza della sua medesima ed immutabile *sostanza unitaria*. In questo modo Crono ritorna nel *prima*, la dimora causale, non manifestandosi più apertamente come avveniva con Platone, ma continuando, nella veste di ciò che sta all'origine, ad esercitare il suo effetto ordinativo. Ciò è dato dal fatto che il momento in cui l'uno è in potenza, non è anche in atto, e viceversa. Aristotele attraverso il contributo fondamentale del *prima* e *poi* crono-logico, cerca di mostrare l'ordine costituzionale dell'essere. Egli lo fa tenendo conto dei rapporti di dipendenza che nella cronologia sono disposti; e proprio in forza di ciò egli può ammonire "che sempre si deve

---

[4] Aristotele, *Fisica*, cit., p.137, (186a).

ricercare la causa più elevata di ciascuna cosa".[5] Il valore di ciò che è più elevato è tale perché sovrasta ciò che non lo è, perché fondamentalmente lo governa, proprio come avviene in ciò che sta prima, il quale determina ciò che viene dopo, e mai viceversa. E proprio in quanto non si può dare un *poi* seguito da un *prima*, alla stessa stregua non si possono conoscere cause correlate ai propri effetti che si realizzino dopo di questi, e se ne deve concludere che le cause siano ciò da cui dipendono gli effetti.

Attraverso questo tipo di ragionamenti, Aristotele giunge pertanto ad evidenziare la gerarchia interna dell'essere. Egli sostiene che l'essere "si dice in molti modi, in primo luogo il soggetto verrà prima, perciò viene prima la sostanza, in seguito", *poi*, solo dopo questa: "altra è la disposizione se si considera la potenza e altra se si considera l'atto, perché alcune cose son prime in potenza, altre in atto".[6] Lo Stagira appare quindi intento a stabilire, non tanto se tra potenza e atto vi sia una differenza sostanziale, dato che la loro disposizione è vincolata al momento in cui questi si considerano; ma che in ogni caso è sempre la sostanza, come soggetto, a venir prima di ogni cosa; senza soggetto principale la stessa potenza e atto, come manifestazioni legate alla loro primigenia sostanziale, non potrebbero esistere.

---

[5] *Ibid.*, p. 168, (195b).
[6] Aristotele, *Metafisica*, U.T.E.T., Torino 1974, p.318, (1019a,I).

Con questo discorso Aristotele ha guadagnato un nucleo importante nella considerazione dell'esistente; ha stabilito che la principal cosa che inerisce all'essere è la sostanza, e che pertanto essa non può venir assoggettata a nulla, dato che, come si è visto, è essa stessa il soggetto di ogni cosa. Quindi, come del medesimo soggetto si possono dare molti predicati, così da un'unica sostanza si possono dare diverse apparizioni di potenza e atto; ma se "l'uno è molti"... "ma non le cose opposte", ammonisce Aristotele, nessuna modalità dell'essere, nessun suo apparire è confondibile con la sua sostanza.

Appare chiaro che la relazione da egli instaurata nel rapporto di sostanza e potenza-atto, è di subordinazione di questi ultimi a quella. La sostanza ha pertanto la stessa funzione primaria, come abbiamo visto, del soggetto in una frase, il quale pone in subordine i predicati. Come il soggetto in una frase è indispensabile al sostenimento del verbo, così la sostanza è indispensabile ad ogni potenza-atto che possa avvenire. In questo modo lo Stagira ha preparato le basi per il discorso successivo, che come si cercherà di evidenziare, pone in attenzione la dimensione conoscibile dell'essere, in opposizione a ciò che invece non lo è per nulla, in altre parole tutto quanto prende il nome di *accidente*. La dimensione conoscibile della sostanza, la sua controllabilità, assieme alla logica derivazione dal soggetto, ovvero colui che a diversità dell'oggetto possiede concettualmente l'intenzione dell'azione, sono quindi segnali che testimoniano quanto effettivamente gli scopi pratici del pensiero siano presenti nella determinazione dell'essere aristotelico, e anzi, questi vengano sempre più a riconoscersi come la sostanza stessa. Questa, avendo stabilito un nesso vincolante di subordine nei confronti di potenza e atto, può pertanto divenire il soggetto-pensiero che determina gli eventi. In questo modo la possibilità di relazione tra pensiero e azione, acquisisce la fisionomia di un vincolo imprescindibile del pensiero, il quale, in questo modo, non ha più possibilità di rimanere indipendente dalle sue finalità; come del resto potenza e atto non possono essere considerati indipendenti dalla loro unione con la sostanza. Ciò facendo Aristotele, motivato quindi dalla necessità di stringere sempre più il vincolo di corrispondenza tra pensiero e realtà, ha delineato i tratti salienti della sua ontologia, che come si è cercato fino a questo punto di evidenziare, affonda principalmente le sue ragioni nell'esigenza di una coordinazione finalistica del pensiero stesso, più che nel tentativo di avvicinarsi all'esistente nella sua indipendenza dalle necessità concretamente umane.

I.2. Il non essere dell'accidente

L'ontologia aristotelica costituendosi gerarchicamente, emancipa e ricaccia. La sostanza, entrata nell'orbita del soggetto intenzionale, ha come controparte un essere che, nonostante Aristotele gli debba per evidenza conferire status ontologico, è propriamente un *non essere*. Egli a questo riguardo così si esprime: "perciò, in un certo senso, non faceva male Platone a classificare la Sofistica tra le attività che vertono al *non-essere*. Infatti i ragionamenti dei sofisti vertono soprattutto, si può dire, intorno all'*accidente*".[7]

Un non essere è dunque la nomea di ciò che sfugge alla legge originaria di Crono, proprio perché "delle cose che esistono in modo diverso da quello accidentale, ci sono nascita e morte, che non ci sono per le cose accidentali."[8] L'*accidente*... un *non essere* quindi! Ma perché? Forse è la sua inafferrabilità che lo condanna ad una condizione negativa, dato che di esso non si può sapere né quando, né dove, né se effettivamente si realizzerà? Questo 'essere' dunque, non può partecipare alla sostanza stessa dell'essere, in quanto secondo Aristotele "tutte le cose che

---

[7] *Ibid.*, c.m., p.347, (1026b,I).

[8] *Ibidem.*

appartengono a una cosa di per sé, ma che non sono nella sostanza, si chiamano accidenti".[9]

Ma questa espulsione dell'accidente dalla sostanza dell'essere, è tale in quanto l'accidente, pur essendo un essere, anche se *non*, non può venir indagato dal pensiero che abbia in vista dei fini, e quindi sostanzialmente da esso ap-preso. L'accidente incombe quindi nel destino di essere ciò che di per sé *non è voluto*. Codesto non nasce né muore, così, come si è visto, dice Aristotele; esso non ha né un prima, né un dopo: "non c'è neppure una causa determinata per cui l'accidente accade, ma esso avviene a caso".[10] Pertanto esso non può avere un senso comprensibile, dato che di ciò che può accadere una sola volta "non ci sia scienza", proprio "perché ogni scienza riguarda ciò che è o *sempre* o *per lo più* allo stesso modo".[11] Di conseguenza non essendovi la possibilità di comprendere gli accidenti, non vi sarà neppure "nessuna arte e nessuna potenza determinata che produca le cose accidentali";[12] in quanto "per generare e mettere in moto qualcosa si ricorre a quello che si chiama pensiero".[13]

---

[9] *Ibid.*, p.342, (1025a,I).

[10] *Ibid.*, p.341, (1025a,I).

[11] *Ibid.*, c.m., p.349, (1027a,I).

[12] *Ibid.*, p.348, (1027a,I).

[13] *Ibid.*, p.373, (1032b,I).

Questi ultimi brani evidenziano chiaramente l'equivalenza che Aristotele pone in atto, tra la possibilità d'intervento del pensiero, e la possibilità di appartenere al nucleo portante dell'ontologia, ovvero alla sostanza dell'essere. Ciò che quindi possiede sostanzialità è in questo modo solo quanto può accettare l'ordinamento del pensiero. Il Filosofo, così facendo, non appare eccessivamente svincolato da quell'arbitrarietà che egli stesso imputava alla Sofistica; in particolar modo a Protagora, il quale, nelle parole di Aristotele, sosteneva "misura di tutte le cose è l'uomo".[14] E' indubbio che lo Stagira si sia prodigato senza parsimonia nel tentare di ricacciare l'incombente minaccia del caos, che la Sofistica, erede a suo modo 'dell'indefinito eracliteo', agli occhi di Aristotele portava con sé. Ma se Protagora riconduceva ogni cosa alla misura dell'uomo, Aristotele ha forse sì evaso l'incombere delle istintualità umane più opportunistiche e tiranne, ma è comunque rimasto nell'ambito di porre ogni "misura" ai fini del pensiero finalistico. L'accidente, non rientrando negli scopi che ci si può prefiggere, non è quindi per Aristotele nemmeno conoscibile. Esso viene posto *a margine* dalla sostanzialità delle cose, perché difatti non può essere ricondotto nel dominio del pensiero.

---

[14] *Ibid.*, p.474, (1062b,I).

Una determinazione importante che avrebbe comunque influenzato la cultura filosofica posteriore: la principale modalità del conoscere per molti e molti secoli a venire, ma comunque, probabilmente, solo una determinazione dovuta anche ad una scelta non completamente libera dai condizionamenti propri della sua specifica epoca. Cosa di cui non è immune certamente nessuna filosofia, dato che essa non avviene certamente mai in un tempo assoluto, ma che rimane un fattore critico d'indubbio interesse, quando si deve considerare appunto il grado di assolutezza raggiunto da una determinata filosofia.

Del resto questo sembra emergere nello stesso Aristotele, il quale appare intuire che nella casualità dell'accidente si cela qualche cosa di fondamentale, seppur inconoscibile. Egli esemplificando una definizione riguardante l'accidente, così si esprime: "è il caso, per esempio, di chi scavando una buca per piantarvi un albero, trovasse un tesoro."[15] L'esempio di un accidente abbiamo detto, ma forse non venuto alla sua penna con la medesima modalità: la possibilità che l'accidente porti con sé un tesoro? Ma di che tipo? In merito a ciò Aristotele non si pronuncia, in quanto non si tratta di un argomento che possa rientrare nella necessità del discorso che egli vuol condurre.

---

[15] *Ibid.*, p.341, (1025a,I).

Le sue intenzioni appaiono altre. Ad esempio, ma non solo, dato che questo è un argomento che conviene approfondire, la sua volontà di definire le differenze specifiche di termini simili. Una di queste riguarda appunto la differenza tra *fortuna* e *caso*. Egli in merito a questo argomento sostiene, che "tutto ciò che proviene dalla fortuna proviene dal caso, ma non tutto questo", tutto ciò che è caso, "proviene dalla fortuna."[16] In altre parole, tutto quanto è caso comprende anche la fortuna, ma non viceversa, ovvero che tutto quanto si dice fortuna rientri nella dimensione della casualità. Perciò se la fortuna affonda le sue radici nel caso, possiede la sua stessa consistenza, essa trova un altro tipo di accoglienza da parte di chi possiede la facoltà di deliberazione. Difatti "né un animale né un bambino entrano nella sfera della fortuna, giacché non possiedono scelta deliberata."[17] Potremmo dire che, non manifestando le loro intenzioni, all'oscuro di queste, non vi è possibilità di riscontrare un'utilità o meno di ciò che accade. Ma Aristotele non affida la differenza tra caso e fortuna ad una questione, come saremmo portati a credere, di semplice predisposizione soggettiva; egli la delinea come un fatto di carattere propriamente ontologico, dato che è dalla fortuna stessa che proviene la sua essenza: "tra le cose che vengono all'essere" così egli sostiene, "alcune vengono

---

[16] Aristotele, *Fisica*, cit., p.173, (197a).

all'essere in vista di qualcosa, altre no"... "Ora, le cose di questo tipo," quelle in vista di qualcosa, "quando si producono per accidente, diciamo che provengono dalla fortuna."[18] *Non essere in vista di nulla* è pertanto il criterio che distingue il puro caso dalla fortuna; perché "il caso, anche in conformità al suo nome, esiste quando la cosa si produce *invano.*" Ed è quindi sulla base di queste considerazioni che Aristotele afferma *l'innaturalità* del caso, sostenendo che "quando venga all'essere qualche cosa *contro natura*, allora diciamo che è venuto all'essere non dalla fortuna, ma piuttosto dal caso."[19] La concezione ontologica che se ne ricava dimostra chiaramente i suoi criteri costitutivi. Essi appaiono quindi fondati sulla *conoscibilità o meno* di ciò che è in essere, in primo luogo, e poi, che ciò sia finalizzato a qualche cosa, ovvero, *non vano*, in seconda istanza. Le due modalità non sono pertanto estranee tra di loro, dato che comunque conoscibilità ed utilità si sostengono vicendevolmente: ciò che è utile possiede un senso, un indirizzo, è quindi conoscibile, si sa dove porta o vuol portare; mentre ciò che è conoscibile, può essere esercitato verso un senso, ovvero un'utilità.

Si dà perciò che l'accidente, seppur non inerisca alla sostanza aristotelica dell'essere, possieda tipi di avvenimento *più o*

---

[17] *Ibid.*, p.174, (197b).

[18] *Ibid.*, p.171, (196b).

meno naturali, in funzione all'essere ritenuto *più o meno vano*; per cui venir considerato fortuna o semplice caso. E' in questo modo che gli accidenti, non rientrando nella predicazione dell'uno, essendo ad essi opposti, ovvero contraddicendo il pensiero intenzionale, subiscono il destino di essere per lo più combattuti continuamente dalle scienze. Il fatto che più le infastidisce è appunto ciò che già lo Stagira sottolineava, quando definiva l'ambito scientifico: la mancanza di universalità. L'eventualità degli accidenti, la loro unicità, è la cosa più avversata dalla scienza. Difatti ciò che riabilita parzialmente la fortuna dal puro caso, è che di quel tipo d'accidente almeno si può averne l'aspettativa, e ciò comporta che almeno *qualche volta*, se non *per lo più*, come auspicava Aristotele, il fenomeno che si ha in attenzione si realizza. Poter avere in attenzione un fenomeno, vuol dire che questo almeno un'altra volta si è mostrato, ovvero ha mostrato la sua esistenza. L'aspettativa di realizzazione di ciò, è quanto riguarda del resto tutte quelle situazioni ove può intervenire il calcolo probabilistico, che studia le regolarità di realizzazione di determinati fenomeni, più che l'esattezza cronologica in cui questi avvengono. Su questo tipo di calcolo si basano anche i 'macchinari della fortuna': ruote, dadi, lotterie ed

---

[19] *Ibid.*, c.m., p.175, (197b).

altro. Atti a poter determinare quanta 'fortuna' si possa elargire ad altri, per poter realizzare sostanzialmente la propria.

Pertanto l'avversità a ciò che è unico, include il rischio di aderire senza possibilità di revoca a quanto è sempre uguale, dato che l'immodificabilità può permettere aspettative che l'unicità non è in grado di offrire. Questo rischio può essere riassunto come quello di porre *l'uno a determinazione del tutto*: ogni cosa è sempre la medesima cosa: la sostanza si manifesta in molteplici modi, senza mai mutare. Ciò facendo, la finalità, l'aspettativa, può trionfare sempre su ogni cosa, e il pensiero, che in questo procedere si trova sempre più ad essere determinato dalla tautologia, può continuare ad inibire con vigore, ogni senso proprio dell'esistente.

Ma era veramente questo ciò che Eraclito voleva dire con il suo *En panta*? Che l'uno doveva essere in tutto?

I.3 La logica del logos

Osservando le questioni suscitate dalla frase eraclitea attraverso un'angolazione scostata, più di due millenni, non poco indubbiamente, Martin Heidegger pone l'attenzione all'*En panta* eracliteo considerando principalmente il contesto verbale ove viene espresso: "se non me, ma il senso," *logos*, "avete inteso, allora è saggio dire nello stesso senso tutto è uno (Snell)."[20]

L'attenzione al *logos* quindi, non ad Eraclito viene posto in evidenza, proprio perché questi, dice Heidegger, "inizia la sua sentenza con un richiamo contro l'udire esercitato per il puro piacere dell'udito", orientando "verso l'*udire autentico.*"[21] Il richiamo del Filosofo greco all'udire, implica che si debba deporre lo spirito valutativo immediato delle parole che egli esprime; ciò è un invito a coglierne l'essenza, quello che è di per sé, non tanto perché frutto del suo pensiero e da esso sostanzialmente causato. In questo senso il logos non è un dire proveniente da una intenzione, un atto che manifesta la sostanza di un'intenzione, ma è ciò che implica l'autenticità dell'accogliere ciò che è, così come esso è. Il suo senso è una sorta di senso

---

[20] Martin Heidegger, *Saggi e discorsi*, Mursia, Milano 1976, p.141.

[21] *Ibid.*, c.m., p.147.

assoluto. Esso parla questa lingua pura, libera da incrostazioni. L'autenticità che mette in luce Heidegger è tale perché data come assolutezza, come libertà da ciò che non riguarda le cose nel loro se stesse. Nel caso di Eraclito sarebbe perciò fuorviante considerare il suo parlare come vero, e non ciò che è proprio dell'*En panta*, e che il logos stesso espone.

Ma allora cosa asserisce effettivamente Eraclito? Le parole parlano chiaro! Se non lo fanno loro che son fatte appunto per questo... Chi può far meglio di loro? Sarà forse in questo senso che Eraclito non asserisce nulla? E' egli stesso del resto che chiede di non essere ascoltato. Pertanto se si deve ascoltare la *parola del logos*, più che quella di Eraclito, questa non provenendo da un io intenzionale, sembrerebbe non indicare nulla. *En panta* a questo punto non potrebbe offrire un significato comprensibile, dato che le due parole potrebbero trovarsi accanto forse solo per un puro scherzo del caso. Esse in questo modo non esprimerebbero più nemmeno concetti contrari, e quindi la frase non susciterebbe più nessun tipo di problema. Sarà questo ciò a cui pensava Eraclito? Non volendo ulteriormente affossare il discorso nelle possibilità di non senso che la frase eraclitea può offrire, nella sua ricchezza di possibilità interpretative, conviene cercare di capire quale tipo di logica appare sostenerla. Ma a questo punto, cercando di evitare uno scoglio, sembra comparirne un altro: cosa s'intende effettivamente con la parola *logica*? E di questa ce n'è solo una o possono essercene diverse?

Heidegger in merito a questo argomento prende una posizione chiara, affermando che quella "che comunemente si chiama '*logica*'"... "E' solo *una e non l'unica interpretazione del pensare* e del dire, ossia, quella interpretazione dell'essenza del pensiero propria della *metafisica*", in quanto "ancor oggi dobbiamo rassegnarci al misterioso destino, per cui in Occidente da oltre due millenni il rapporto con la parola è determinato dalla 'grammatica';" e questa "si fonda su ciò che comunemente chiamiamo '*logica*'"[22].

Un misterioso destino dunque? Ma quanto? Rammentando come Aristotele abbia attraverso il suo discorso ricavato dalla distinzione tra soggetto e predicati la suddivisione *inconfondibile* tra sostanza e potenza-atto, si può probabilmente sostenere, che più che altro, sia la grammatica a dare consistenza alla logica, e non viceversa. E che quindi sia più la necessità di porre nella realtà delle condizioni di *dipendenza*, a richiedere la sovraintendenza della *logica grammaticale* nella conoscenza dell'esistente. Effettivamente bisogna riconoscere che la parola logica, come viene comunemente usata, possiede una sua evidente autorevolezza: "dappertutto anche oggi se si vuol convincere

---

[22] Martin Heidegger, *Eraclito*, Mursia, Milano 1993, c.m., pp.49-50.

qualcuno di qualcosa si è soliti addurre come estrema motivazione la seguente affermazione: questo o quello è 'del tutto logico', e così si elimina ogni obiezione", e continua Heidegger: "ciò che è 'logico' non ha bisogno di essere vero", in quanto "la semplice coerenza, 'il *principio* logico", la *non contraddizione,* "non contiene alcun nesso vincolante" pertanto "anche un delinquente pensa logicamente, forse anzi pensa più logicamente di un uomo onesto", quindi richiamarsi "al principio logico inteso come istanza vincolante, è dappertutto il segno di un pensiero distratto."[23]

E' chiaro che se si segue la logica del "*principio logico*" citato da Heidegger, l'*En panta* eracliteo, predicando il contrario del soggetto come fosse *l'uno è,* essendo tutto, *non uno,* si dovrebbe sostenere che ciò che Eraclito dice, essendo *illogico,* sia anche falso. E' pertanto, come Heidegger sostiene, quello che giudicherebbe falso il detto eracliteo un pensiero distratto? O forse, verrebbe da dire, un pensiero troppo attento?

Attento ad avvalersi di ciò che viene definito come *principio,* e che possiede la sua autorevolezza nella *legge logica,* più che nella sensatezza di ciò che è giusto, e che per questi motivi autorevolmente garantisce l'immutabilità dei rapporti di subordinazione? Forse ciò è solo legale, ossia, è affidato solo ad

---

[23] *ibid.,* c.m., p.78.

un ordine che per continuare ad esercitare la sua validazione, deve rimanere ancorato alle esigenze che lo hanno prodotto, non essendo perciò in grado di riconoscere ed interpretare quelle che invece sono e che comunque verranno. Probabilmente negli orizzonti del pensiero di Eraclito, il filosofo del *Panta rhei*, del fiume in cui non è possibile entrare due volte,[24] è il concetto dello *scorrere*, del *fluire*, ad essere ritenuto un *principio*. Non appare in lui la necessità di fissare in una dimensione stabile l'esistente, tutt'al più mostrare che questo non possiede una vita assolutizzata, e che la stabilità non può che coesistere con l'instabilità, per essere tale, proprio perché "negli stessi fiumi entriamo", dato che il fiume è nel suo concetto sempre identico a se stesso, "ed anche non entriamo",[25] dato che non possiamo mai essere bagnati dalla medesima acqua.

Quando quindi nel frammento 50b Eraclito chiede di non essere ascoltato, egli pensa comunque a qualcosa; pensa che si debba comprendere il senso del *En panta* come un tutt'uno indifferenziato, nella sua essenziale differenza. Un *logos* in cui tutto può essere uno e viceversa, proprio in forza del suo scorrere. Con Eraclito pertanto si può ricavare una concezione di tempo che non deriva dalla misurazione ciclica del movimento,

---

[24] Cfr., Eraclito, *op. cit.*, p.227, (DK 91b).
[25] *Ibid.*, p.215, (DK 49a).

come avviene cronologicamente, ma dallo scorrere primordiale dell'acqua del fiume, che bagna colui che vi entra, e che lo *confonde* con il proprio fluire, coinvolgendolo in una temporalità più avvertita nei confronti di ciò che il tempo è nella sua essenza sensibile ed originaria, ossia il *movimento* che *muta,* che modifica.

Ma è anche molto interessante, nei frammenti di Eraclito, riscontrare l'assenza di predominanza di qualcosa nei confronti di qualcos'altro. Tra i due termini, *uno* e *tutto,* non vi è subordinazione; proprio perché nessuno dei due termini rientra nelle possibilità di una logica di origine grammaticale. Nessuno dei due termini prevale sull'altro, dato che dire *uno è tutto,* o dire, *tutto è uno,* non ne muta l'aspetto semantico. Fra i due termini vi è perciò un rapporto fluido: l'uno non sottomette il tutto, come esso non impone nulla all'uno. La loro definizione essendo reciproca e non subordinata è anche indefinizione, non conclude i due termini in determinati significati, nonostante essi significhino qualche cosa. E' questo anche il caso della frase 'augurale' che Eraclito rivolge ai suoi compaesani: "non vi venga meno la ricchezza, Efesii, perché possiate dar prova d'essere dei poveri miserabili."[26] Una ricchezza frutto delle possibilità che la povertà permette? E' quindi una richiesta di apertura alle

---

[26] *Ibid.*, p.237, (DK 125a).

indefinite possibilità che la definizione stessa permette, ciò che il logos dice?

Una risposta a questa domanda, se ciò fosse possibile, dovrebbe, per risultare pertinente con gli assunti fin qui esposti, essere nient'altro che ancora una domanda. Perché, se il logos chiedesse l'apertura al possibile, più che una risposta conclusiva delle possibilità di risposta stesse, solo un'altra domanda avrebbe la facoltà di mantenere nella possibilità di risposta, ossia rispondere a ciò che il logos effettivamente chiede. Pertanto per comprendere ciò che il logos chiede, è necessario prima comprendere Eraclito, il quale chiede che si *ascolti* il logos, in modo che le sue parole possano muoversi, e quindi giungano all'udire.

E' del resto questa attenzione alla mobilità che caratterizza il pensiero eracliteo. Il movimento che connota la temporalità del divenire delle cose, è ciò che problematizza la stabilità stessa dell'essere; sia esso inteso attraverso la concezione dell'immutabilità sostanziale aristotelica, che tramite quella parmenidea. Infatti Parmenide, è interessante ricordare, in un suo frammento sostiene che "lo stesso (dasselbe) sono il pensare ed il pensiero che è", ossia l'*essere*, e che "nulla è e nulla altro sarà al di fuori dell'essente, poiché la Moira gli ha imposto di essere un tutto *immobile*."[27] In effetti cosa si potrebbe chiedere di meglio per poter valutare l'esistente, se non qualche cosa di stabile, che come un'unità di misura possa servire a delimitare i contorni delle cose, in modo che il nostro giudizio possa dire: questo è... questo non è...

Eraclito invece non pone nulla d'immobile, anche se pone qualche cosa. Questo è la ricchezza degli Efesii che ne valuta la loro povertà. Ma ciò non viene fissato a priori, non è l'unico criterio possibile, proprio perché può benissimo essere anche la povertà a valutare la ricchezza. Questo tipo di ragionamenti, generalmente definiti come sofistici ed inconcludenti, pongono il loro fondamento non solo in una concezione di essere ricolmo della stabilità dei concetti universali del pensiero, ma in ciò che la realtà porta invisibilmente con sé, ovvero le sue possibilità. Il pensiero quindi non si afferma nelle cose solo tramite l'intenzionale immobilità definitoria, ma bensì attraverso la sensibilità irrequieta del possibile, o anche, la comprensione che nelle cose, oltre la loro appartenenza all'essere, vi siano anche delle possibilità che ad esse stesse appartengano.

Saranno queste possibilità quelle che Eraclito intravede quando sostiene che "il più bello ordinamento del (mondo)" equivale ad essere simile a "pattume di cose sparse a caso"? Un

---

[27] Martin Heidegger, *Saggi e discorsi,* cit., c.m., p.158.

mondo non ordinato secondo linee rette, raggruppamenti omogenei, principi e fini evidenti, a cosa può servire se non a se stesso? Forse un mondo così può essere utile solo a chi ci vive, più che a chi lo vuol rendere simile alla volontà del proprio pensiero?

Questa indefinizione sostanziale era sicuramente ciò che infastidiva uno dei maggiori artefici di definizioni, il quale come autore della *Metafisica* giunge a dire: "non comprendendo neppure lui" Eraclito, "che cosa stava dicendo" ammettendo "che pronunciamenti opposti non possono mai essere veri delle medesime cose".[28] Un Eraclito che non comprende neppure lui quello che dice? Probabile se come suggerisce Heidegger non è lui che parla ma bensì il *logos* stesso. Un logos che il filosofo tedesco sostiene essere il fondamentale riferimento della logica come fin dall'antichità essa veniva considerata, ovverossia: *"la dottrina del corretto pensare"*;[29] e che quindi è più un impegno che non un ché di già stabilito. "Il termine 'logica' e il suo uso sarebbero forse per noi solo un espediente per *accennare*, attraverso un rimando a qualcosa di già noto, a *qualcosa d'altro e*

---

[28] La citazione presenta in quel "non possono mai essere" una difficoltà d'intendimento, dovuta alla presenza della doppia negazione che è superabile considerando gli avverbi *non* e *mai* annulantesi a vicenda, come fosse: 'pronunciamenti opposti *possono essere* veri delle medesime cose'. Ciò è confortato comunque anche dal senso complessivo del brano aristotelico: cfr., Aristotele, *Metafisica*, cit., p. 474, (1062a.I).

[29] Martin Heidegger, *Eraclito*, cit., c.m., p.123.

riconoscerlo?"[30] Si domanda e domanda Heidegger. Se questa interrogazione fosse coronata da un'affermazione, allora la logica stessa del logos si realizzerebbe in quell'ascoltare per cui Eraclito, oltre ad essere colui che invita all'ascolto, è anche colui che ascolta. In questo senso anche Aristotele allora non verrebbe sconfermato quando sostiene che Eraclito non comprende neppure lui quello che dice, essendo intento piuttosto a *riconoscere* le parole più che a pronunciarle.

E ciò che il logos dice attraverso la sua logica non è qualche cosa di confrontabile stabilmente, in quanto non si offre, come affermazione, ad essere fermato nella stabilità ed univocità dell'essere. L'evidente contraddizione che il logos enuncia, è tale proprio perché non ne permette l'apprensione. Può apparire quindi, che ciò che il logos dice, possegga una natura simile all'accidente casuale aristotelico, dato che di esso non se ne dà nessuna utilità. Il suo *non fermare confonde*, e non permette che da questo dire ci si possa aspettare qualche cosa che già si conosca. Esso non offre nessun criterio che permetta di *ap-prendere* l'esistente in modo proficuo, affinché se ne possa fare 'buon *uso*'.

Ma sostiene Heidegger: "ogni volta che ci imbattiamo in ciò che apparentemente è inconciliabile e in se stesso

---

[30] *Ibid.*, c.m., p.126.

contraddittorio, raggiungiamo l'essenziale."[31] Che 'oscura' affermazione... degna di Eraclito ci verrebbe da dire. Chissà? Perché le cose essenziali dovrebbero poi essere contraddittorie? Perché devono dire qualche cosa che non si confà al nostro dire? Quando ad esempio osserviamo una qualsiasi cosa, essa può più o meno corrispondere a come la vorremmo vedere, ma in sostanza la nostra volontà non intacca per nulla la sua essenza. Essa è e rimane ciò che è. E questo essere ciò che è, il non dipendere dalla nostra volontà, dal nostro dire, permette a questa cosa di dire diversamente, di *dire contro* ciò che noi vogliamo e diciamo. E' probabilmente in questo senso che l'essenziale di qualche cosa può mostrarsi, dato che non rimane più offuscato dalla nostra volontà. Se fosse così, allora effettivamente "il nascondere", *la contraddizione*, potrebbe veramente essere come dice Heidegger ciò che "garantisce al sorgere la *sua* essenza."[32]

---

[31] *Ibid.*, p.27.

[32] *Ibid.*, c.m., p.92.

I. 4. *Giocando ai simboli*

Che questo sia solo un gioco di parole? Certo! "Ma del gioco nascosto della parola stessa,"[33] continua Heidegger. E se è la parola stessa che parla... sicuramente non saremo noi! Ma ciò non comporta comunque il rimanere indifferenti al gioco della parola, in quanto il gioco stesso implica che si giochi, dato che come il Filosofo tedesco asserisce, il "giocare è nel suo carattere fondamentale un *essere-nella-disposizione*, un essere accordato"[34] al gioco stesso. Ed è questo *accordarsi* a richiedere un impegno particolare, dato che l'ilarità e la leggerezza con cui il gioco si presenta, appartiene a quel "nascondere" che "garantisce al sorgere"... Le spoglie d'inutilità sotto cui il gioco si presenta, è certamente molto evidente, ma è questo presentarsi che fondamentalmente nasconde. Ciò non è però da confondere con la diversità tra l'apparenza e la sostanza, per cui verremmo probabilmente ingannati dall'apparente superficialità del gioco, la quale non ci permetterebbe di coglierne la vera essenza. Un essenza, che secondo questo tipo di concezione, dovrebbe quindi essere afferrata attraverso un pensiero non condizionato dai

---

[33] *Ibidem.*

sensi.[35] La questione è da porsi in altri termini; in quanto il gioco della parola *non deve* per essere compreso divenire qualche cosa che *non è*, anche fosse questa modificazione solo nella sua apparenza, ammesso che le due cose, sostanza e apparenza, possano essere distinguibili. Non è possibile assimilare il gioco trasformandolo ad esempio in un'idea; altresì la sua essenza sfuggirebbe. Il fenomeno del gioco di parole, ma potremmo bensì allargare le considerazioni al gioco in generale, nonostante la sua apparente ilarità, non è un vano accidente che può benissimo essere tralasciato. Ciò ci viene confermato anche dallo stesso Eraclito, il quale, trovato dai suoi concittadini a giocare ai dadi con i fanciulli nel tempio di Artemide, si rivolge a questi dicendo: "non è forse meglio fare questo, anziché prendersi cura della *polis* insieme a voi?"[36]

Eraclito, una persona così importante... un amante del sapere... che perde tempo giocando a dadi con i fanciulli? E in più, non soddisfatto a sufficienza delle sue malefatte, redarguisce anche i suoi concittadini che lo guardano con stupore, affermando che giocare è meglio che prendersi cura di una cosa

---

34 Martin Heidegger, *Mondo come gioco della vita, 1928-1929*, tratto da *Gesamtausgabe II*, in "aut aut", 295, 2000, c.m., p.74.

35 Concezione questa ad esempio, che potrebbe benissimo essere sostenuta attraverso un'analisi del *Mito platonico della caverna*, che pone *mondo vero* e *mondo apparente* come due entità distinte ed in opposizione tra di loro. Cfr., Platone, *op.cit.*, pp. 348-351, (514a-516c).

veramente utile: la polis, il bene comune. Heidegger su questo aneddoto pone alcune interrogazioni: "Quale cosa veramente straordinaria si nasconde nell'innocente comportamento del pensatore? In questo gioco del tutto familiare e ordinario con i fanciulli è insita la vicinanza di un gioco straordinario?"[37] Egli sembrerebbe con questi quesiti porre in luce il rapporto tra ordinario e straordinario, ossia che quest'ultimo in fondo possa abitare in ciò che apparirebbe banale e sostanzialmente futile, ma probabilmente non solo questo, dato che quello dei dadi è un gioco che si abbina generalmente alla fortuna di chi vince e sfortuna di chi perde, e nel caso di Eraclito, è improbabile che egli cerchi di vincere qualche cosa di utile con i fanciulli, ad esempio delle somme di denaro. Il suo giocare appare più una simbolizzazione del fluire. Dai dadi egli non si può aspettare nulla di pratico. Il loro roteare potrebbe apparire come l'acqua che scorre sulla pelle, conducendo più ad una concezione del sentire che non a quella di un realizzare oggettivamente qualche cosa. Sentire ad esempio la felicità del bambino che vince, come la malinconia di quello che perde, ma anche la sua felicità da vincitore, come anche la propria malinconia da perdente. Ciò potrebbe avvicinare l'immagine di Eraclito che ci proviene da questo aneddoto, a quanto si potrebbe definire il fluire dell'anima

---

[36] Martin Heidegger, *Eraclito,* cit., p.12.

stessa nei suoi sentimenti. Intesi questi però come frutto di qualche cosa che non è semplicemente generato dall'anima medesima; ma che trae la sua essenza dal fluire stesso dell'esistente. Un esistente la cui essenza relazionale viene mostrata tramite il simbolismo del gioco dei dadi stesso. Se quindi l'oggetto del pensare di Eraclito è più la ricerca di un sentire l'esistente, che non quello di stabilirlo nelle concezioni, allora dalla sua filosofia non possiamo aspettarci nulla che migliori le nostre abilità. Ma bensì se ne può ricavare la necessità di entrare nella concezione del 'gioco', di cui Eraclito si fa interprete, come necessità dell'entrare nell'esperienza dell'esistente, al di fuori della sua assoggettazione conoscitiva. Questo 'giocare filosofico' che Eraclito sembrerebbe proporre, come tutti i giochi richiede la partecipazione, più che la comprensione delle sue finalità. Giochi anche tu con me? E' questo invito a giocare con me, a venire con me, la richiesta di *non rimanere nella mia posizione*, quello che il gioco chiede, affinché si giochi, affinché si possa sentire il fluire dell'esistente nella sua concezione originaria?

Eugen Fink parrebbe sostenere questa ipotesi quando dice che: "nel gioco l'uomo trascende se stesso, supera le determinazioni delle quali si è circondato e nelle quali si è

---

[37] *Ibid.*, p. 13.

realizzato, rende quasi revocabili decisioni sulla sua libertà, evade da se stesso, fuori da ogni situazione fissata, s'immerge nel fondo vitale di possibilità originali per cominciare sempre daccapo e liberarsi dal peso della sua storia."[38] In questo passo Fink pone in rilievo la dimensione *trascendentale* dell'approccio al gioco, non inteso come trascendentalismo ordinativo di tipo kantiano, ma bensì come forma di autosuperamento, di fuoriuscita dai propri schemi realizzativi, una sorta di lasciare ciò che si pensa che le cose importanti siano, per incontrare qualche cosa d'altro che non è già in noi, e che fondamentalmente non governiamo. E prosegue Fink: "giocando l'uomo non rimane in sé, nel chiuso cerchio dell'intimità della sua anima, egli esce piuttosto estatico da se stesso in un atto cosmico, e interpreta il senso di tutto il mondo."[39] Quindi principalmente un emergere dall'*uno* per cercare di sentire il *tutt'uno*. Un tentativo di svincolarsi dalle 'catene' della contraddizione, per cercare di acquisire la spazialità percettiva di un'unione che ha il carattere della coincidenza. Un luogo questo ove non compare più solo l'atto che è intento a fare, nell'intento di regolare il mondo, ma dove è possibile ricercare la consapevolezza dell'atto stesso, nel suo significato più complessivo, ovverossia "cosmico".

---

[38] Eugen Fink, *Il gioco come simbolo del mondo*, Lerici, Roma 1969, p.290.
[39] *Ibid.*, p.20.

Questa ricerca della dimensione cosmica è comunque ravvisabile anche nel giocare stesso di Eraclito con i fanciulli. Egli, dice Fink, usa il termine "aion" come *"corso del mondo*. E di questo corso cosmico dice nel frammento 52: "il corso del mondo è un bambino che gioca a dadi, *è il regno di un bambino'.*"[40] Eraclito nel tempio di Artemide tentava di giocare quindi con il corso del mondo quando, come riferisce l'aneddoto, veniva scoperto dai suoi concittadini? Cercava nel bambino che gioca ai dadi il simbolo che gli avrebbe permesso un incontro cosmico?

Ma proprio perché questo incontro cosmico è improbabile praticamente, deve essere mediato dalla funzione simbolica del bambino che gioca ai dadi, per avvenire. La simbologia che giunge con il gioco, porta con sé quella unione coincidente sottintesa dalla origine della parola medesima. La parola simbolo, come ci ricorda Fink,[41] proviene etimologicamente da coincidere. Il simbolo era in principio proprio un segno di riconoscimento, come ad esempio una moneta spezzata, le cui metà, e solo quelle, coincidevano perfettamente. Ciò rappresentava appunto un patto tra due persone, il pegno della loro amicizia ad esempio. Un *simbolo* è quindi *"un frammento destinato al completamento"*;[42] ma che non implica la conclusione, in quanto essendo il simbolo un *'non*

---

[40] *Ibid.*, c.m., p.28.

[41] Cfr., *ibid.*, p.144.

unito', esso *invita ad unire, più che all'unione stessa*. E' quindi, ad esempio, più il pegno di un'amicizia a determinare questa, che non la convivenza in uno stesso luogo. E' la tensione che si genera nell'essere posti verso l'amicizia a farne una realtà. La moneta spezzata è tale proprio perché essa era riunita. La sua essenza, riprendendo alcuni termini heideggeriani, sta nel "nascondere" l'unione di cui fa parte, affinché essa, l'essenza dell'unione, possa "sorgere".

Una concezione questa che apporta ulterior senso al *En panta* eracliteo. La necessità che l'uno ha del tutto, e viceversa, non sembra trascurabile. Questa necessità reciproca non è pertanto da intendere come unione di ciò che è contrario, ma come reciproco rapporto di differenze che, come tali, fondano la loro reciproca identità. L'uno in questo contesto discorsivo è tale proprio perché non è il tutto e viceversa. Ma non per questo essi sono opposti, dato che non sono in luoghi diversi da quell'uno della loro unione coincidente. La possibilità di definizione significante, non proviene qui da un criterio codificante. E' la coappartenenza ad un medesimo esistere che rafforza la necessità di essere parte dell'esistente. Come dire: senza di me, come uno, come parte, il tutto non potrebbe essere tale; viceversa, senza il tutto, il me stesso, non potrebbe esistere.

---

[42] *Ibid.*, c.m., p. 157.

La concezione che quindi viene a chiarirsi è quella di un'ontologia che potremmo definire di *diversità coappartenente*, più che, come si è visto in Aristotele, *d'integrità sostanziale* ed *esclusiva*. L'accidente, espulso dalla sostanza aristotelica per la sua fluidifica instabilità, appare in Eraclito come l'indefinizione del "*corso del mondo*", la quale, si mostra nel simbolico ed imprevedibile gioco dei dadi di un fanciullo. Quello stesso fanciullo che per Aristotele, come si è visto, era assimilato agli animali, in quanto ritenuto non in grado di aver facoltà deliberativa, e perciò non in grado di emergere dal puro caso per avviarsi sulla via della fortuna, verso quello che, potrebbe definirsi, '*il corso del volere dell'uomo*'.

I.5. Un e-venire

Con Eraclito il destino dell'esistente come "corso del mondo", non è qualche cosa di prevedibile, proprio in forza della sua indeterminazione aprioristica. Esso non è un destino, per intenderci, 'già scritto', come fosse un progetto da portare a compimento. Non necessita quindi d'interpreti che comprovano la rettitudine della sua realizzazione. Piuttosto questo destino appare meglio come una richiesta alla disponibilità del suo accadere, come il prefigurarsi di ciò che sempre *e-viene*. La peculiarità di un destino di questo genere, immette perciò nel corso di ciò che, quando verrà, non potrà che essere completamente nuovo, completamente unico. Questa unicità, ovvero ciò per cui l'accidente fondava la sua esclusione dalla sostanza aristotelica, non si fonda pertanto in quanto ritorna come già definito a priori. E' in questo senso che l'evento di ciò che *viene* partecipa alla temporalità che è anche delle cose stesse, oltre che del pensiero. Questa temporalità si offre nell'immediatezza del movimento, in quell'uno, che è il medesimo pensiero del tempo, e nelle sue differenze, che sono il continuo *venire* della diversità perenne. Una diversità inammissibile nella concezione del tempo di tipo crono-orologico, ove la ripetizione del medesimo movimento, richiede solo che esso si compia, come si è sempre compiuto, come riproduzione infinita dell'uguale.

Ed è questa unicità che Heidegger sottolinea quando dice che: "la parola Ereignis", evento, "non indica più qui quello che noi chiamiamo altrimenti un accadimento, un avvenimento." Qualche cosa che si ripete ciclicamente, "essa è usata qui come *singulare tantum*. Ciò che essa nomina si fa evento soltanto come qualcosa di unico, anzi come qualcosa che non concerne più il numero, come qualcosa di singolare".[43] Questa impossibilità dell'evento di divenire numero, di essere perciò riproducibile, è quanto fa sì che ogni cosa non sia confondibile con altre. L'evento accostato all'accidente in ciò che lo accomuna, ovverossia nella sua unicità, non è in questo caso ciò di cui se ne farebbe volentieri a meno, ma quanto ad esempio permette ad ognuno di possedere un nome proprio, e non uno solamente generico. Questa possibilità che ogni cosa possegga la propria individualità, è data dal fatto che è l'evento a connotare l'essere di ciò che non è stabilmente affermato, ma bensì di mutevole e in movimento, di ciò che continuamente *e-viene*, che continuamente è nuovo e non uguale al precedente. La possibilità che l'essere non sia solo un possesso del pensiero, e che quindi riproduca

---

[43] Martin Heidegger, *Identità e differenza*, in "aut aut", 187-188, 1982, pp.12-13.

sostanzialmente solo questo, ma possegga individualità, si fonda nel fatto che esso trovi la propria realtà nell'evento, dato che, "l'essenza dell'identità è proprietà dell'Er-eignis",[44] dell'evento, e questo è il modo stesso di av-venire dell'essere, il quale, ancora nelle parole di Heidegger, come tale "si dispiega".[45]

Ma l'evento stesso per poter essere qualche cosa non può fare a meno dell'essere del pensiero. Di quella stabilità sottolineata da Parmenide e che anche Eraclito designava come *gli stessi fiumi in cui entriamo.* L'evento deve in un certo modo per poter avere individuazione, rientrare nell'isolamento assolutizzante del pensiero, in modo da emergere dal caotico fluire dell'indistinto. Questo rapporto molto stretto tra essere ed evento è pertanto una coappartenenza. L'essere non è più in questo caso una entità ordinativa che giunge attraverso la legge di Crono a determinare il prima e il poi, come nemmeno il meglio e il peggio. L'essere appartenendo anche all'evento non appartiene solo al pensiero, questo non coincide con l'essere come sosteneva Parmenide.

Ma se questa coappartenenza potrebbe risultare come una conseguenza di quel "imprimere al divenire il carattere

---

[44] *Ibid.*, p. 14.

[45] Martin Heidegger, titolo nella rivista: *Lo spazio-di-gioco-tempo, 1936-1938*, tratto da *Gesamtausgabe III,* in "aut aut", 295, 2000, p.80.

dell'essere",[46] che Nietzsche attraverso l'annotazione della *Volontà di Potenza* 'auspica', essa se ne distanzia sostanzialmente. Se in Nietzsche, come sostiene Heidegger, si pone in atto la "redenzione dal flusso perenne",[47] come atto di dominazione del divenire attraverso la stabilità dell'essere, ovvero trasformando la concezione temporale del divenire *perenne* in essere circolare ed *infinito,* la concezione heideggeriana sembra voler mantenere un rapporto di equità e non di subordinazione, atta a proporre una concezione ontologica fondata sulla reciprocità costitutiva di *stabile* ed *instabile,* come dimensioni coappartenenti. Ciò è dato dal fatto che l'essere è posto nell'evento, il quale consente a quello di non fissarsi mai compiutamente nel medesimo, ma bensì disporlo verso *ciò che non è ancora dato.* La stabilità non confluisce quindi in una ciclicità cronologica infinita, ma rimane in ciò che è perenne, in modo che seguiti ad essere possibile quel continuare ad accedere al fiume eracliteo, 'bagnandosi e non bagnandosi' nello stesso identico fiume.

Ora conviene porre attenzione a come l'essere heideggeriano, ponendosi nell'evento, si disponga verso ciò che *non è* ancora dato, e come questa concezione rivoluzioni

---

[46] Martin Heidegger, *Nietzsche*, Adelphi, Milano 1994, p. 813.

[47] Heidegger cita in merito un'annotazione nietzschiana del periodo dello Zarathustra che in seguito viene integralmente riportata: "Io vi insegno la redenzione dal flusso perenne: il flusso rifluisce sempre di nuovo in se stesso, e voi scendete sempre di nuovo, identici, nello stesso identico fiume". Cfr., *Ibid.*, p340.

l'ontologia Aristotelica, che quel *non è*, come accidente, ricacciava dalla sostanza stessa dell'essere. L'accidente come ciò che non si sa quando giungerà e neppure se giungerà, è posto in un tempo che come l'evento deve venire, e che come tale non è possibile già conoscere. Il regno del fanciullo che gioca a dadi eracliteo, come regno del non predeterminato e del conosciuto, del caotico e dell'indistinto, rientra con Heidegger nell'ontologia. Nel regno di Caos Aristotele aveva ricacciato ciò di cui non si dà scienza come appunto non essere. Pertanto nel regno di Crono, il regno del senso del tempo, era rimasto solo ciò di cui si dà scienza. Heidegger tentando di recuperare il significato originario della dottrina eraclitea, sembra voglia recuperare al pensiero dell'essere parmenideo il fluire caotico, che come evento appare ciò che permette di collocare l'essere nell'unicità.

Quanto qui esposto porta a fare in modo che ciò che è più originario, ossia il regno di Caos, può venire recuperato come caoticità indistinta al senso dell'esistente, e quindi allo stesso tempo contribuirvi. Come dire, non solo ciò che è conoscibile contribuisce al senso dell'esistente, ma anche ciò che non lo è. E non è solo se una cosa sia più o meno conoscibile a determinare il modo in cui esista. Non è, ad esempio, la conoscenza che l'acqua del fiume scorre a determinarne lo scorrere stesso. Aristotele come si è visto, considerando ciò che è accidentale come qualche cosa che non abbia un senso nel tempo, in quanto al di fuori della nascita e della morte, inconsapevolmente colloca l'accidente in quella dimensione che generalmente viene nominata come *metafisica*, nome che del resto appartiene 'accidentalmente' a una delle sue opere maggiori.

Gli accidenti, come espressione di ciò che è casuale, essendo da Aristotele posti al di fuori del senso temporale della vita, sono sostanzialmente posti come termini che delimitano esteriormente la nascita e la morte, in modo che più che essere essi stessi compresi dalla nascita e dalla morte, sono loro, gli accidenti, ad apparire come ciò che comprende queste due realtà fondamentali della vita. Se dopo la nascita e prima della morte il senso è rintracciabile in quel andare dall'una verso l'altra, prima della nascita e dopo la morte, il regno dell'inconoscibile corrisponde al regno di cui non si dà scienza. In effetti quando avverrà una nascita, e se avverrà, come quando avverrà una morte e, dipendendo dalla nascita, se avverrà, sono condizioni che appartengono più al regno di un fanciullo che gioca ai dadi, di cui non è possibile conoscere nulla del come e quando avverranno determinante cose; e se, anche, avverranno. Questa impossibilità di conoscenza non è comunque priva di significato, come potrebbe sembrare se si considerano solo gli aspetti finalistici dell'esistente, in quanto attraverso il simbolico appare possibile ricostruirne la sua intelaiatura, la quale più che essere il frutto della ricerca dei suoi effetti concreti, è la dimostrazione di quello che invece è propriamente il senso più profondo dell'esistente. E' in questo modo del resto che Eraclito pensa al simbolico regno di un fanciullo, non certamente perché egli creda che vi sia effettivamente un regno di questo tipo. Il simbolico ha quindi una importante funzione mediale, ossia quella di offrire la possibilità di sentire ciò che non è accoglibile nella conoscenza. E quanto attraverso il simbolico è possibile sentire, non è solo, perché inconoscibile, un *non essere* indeterminante per l'esistente. Una verità che non sia a portata delle facoltà conoscitive, non per questo è meno vera. La sua inconsistenza non è nulla! Proprio perché comunque è accoglibile nel pensiero. Certo! Non come qualche cosa che vorremmo fosse, piuttosto nella sua individualità indipendente.

Del resto anche lo stesso Aristotele è ben consapevole che la sapienza non è sufficiente alla scelta e all'azione, quindi alla corretta considerazione dell'esistente, dato "che alcuni uomini , pur non conoscendo gli universali, sono nell'azione, più abili degli altri che li conoscono".[48] Ciò riguarda il fatto che, se la sapienza permette la conoscenza degli universali, questi ultimi non sono ciò che determinano in modo assoluto la scelta, in quanto "il giudizio, infatti, non ha per oggetto gli enti eterni".[49]

---

[48] Aristotele, *Etica nicomachea*, Rusconi, Milano 1993, p.241, (1141b).
[49] *Ibid.*, p. 247, (1143a).

Quello che invece sembra maggiormente qualificare una corretta scelta è "la saggezza", la quale "non ha come oggetto solo gli universali, ma bisogna che conosca anche i particolari".[50] Come dire, per scegliere bene non è sufficiente pensare genericamente, ma si deve possedere anche esperienza, ossia percezione di ciò che è oggetto di scelta, proprio perché "la saggezza ha per oggetto l'ultimo particolare di cui non c'è scienza ma sensazione".[51]

Ed è questa 'sensazione' che diviene importante quando lo scopo che ci si prefigge non è la definizione dell'essere ma bensì il *"far venire* all'essere". Ciò è pertanto, nelle parole di Aristotele, l'*arte*, la quale non avendo "per oggetti le cose che sono o vengono all'essere per necessità", ha in *chi produce* il proprio principio, e non come quelle necessarie che lo hanno *in sé*. Questa non universalità e necessità propria di ciò che fa "venir all'essere", avendo come arte la finalità di realizzare "qualche oggetto di quelli che possono essere o non essere", pone questa a possedere le stesse sembianze del caso, e Aristotele può sostenere "come dice lo stesso Agatone: *l'arte ama il caso e il caso ama l'arte*".[52]

---

[50] *Ibid.*, p. 241, (1141b).

[51] *Ibid.*, p. 243, (1142a).

[52] *Ibid.*, c.m., p. 235, (1140a).

E' interessante a questo punto notare i diversi criteri di considerazione che Aristotele pone in gioco riguardo al caso. Se nella *Metafisica* egli escludeva il frutto del caso, ossia l'accidente, dalla sostanza dell'essere, come non essere, nell'*Etica nicomachea* diviene peculiare di ciò che fa *venir all'essere*. Esso si pone proprio come ciò che conduce dal non essere all'essere. In quest'ultimo senso allora l'arte appare più simile ad un atteggiamento, quello che *fa venire,* e che non pone apriori, nell'essere, ciò che deve venire, ma che 'amando' il caso, pone il *da venire* nel non essere, nel non conoscibile, perché appunto non ancora conosciuto.

Ed è questo atteggiamento che colloca il pensiero più nell''avventura' della ricerca, che nell'affermazione di ciò che mai muta. L'essere può quindi venire inteso, in questo contesto discorsivo, come 'aspettatore' di ciò che *eventualmente viene.* In questo modo, alla determinazione dell'essere, più che la sua sostanza immutabile, contribuirebbe quella che Heidegger definisce "la promessa della sua svelatezza", che "come storia del mistero è esso stesso enigma". Enigmatico è anche "ciò che in tal modo si dà al pensiero come il da pensare",[53] ossia ciò che impegna nei confronti di ciò che non si conosce, ma non per questo non disposto a partecipare all'essere, seppur come

---

[53] Martin Heidegger, *Nietzsche,* cit., p.840.

enigma. Un'ontologia che pone nello stesso luogo la stabilità e l'instabilità, la conoscenza e l'enigma, non può pertanto offrirsi come sostanzialmente definibile. Essa può quindi parlare in modo consono, non tanto di ciò che è concludibile in una specifica volontà, ma bensì di ciò che inseribile nella consapevolezza socratica di *sapere di non sapere*. Ovvero in quella condizione indispensabile affinché la realtà del conoscere rimanga qualche cosa a cui rivolgersi, più che da stabilire definitivamente. E' probabilmente in questo modo che la conoscenza, rimanendo 'verso', può continuare a rivolgersi al non conosciuto; può, in definitiva, continuare a rimanere se stessa.

II. Il caso, come apparizione delle ragioni di ciò che non si conosce, per l'unicità dell'uno

II.1. Dadà ama l'arte

Attraverso le considerazioni che Aristotele conduce in merito all'arte, e alla caratteristica di quest'ultima di essere ciò che fa *venir all'essere*, conviene cercare di comprendere meglio cosa, tramite le parole di Agatone, voglia sostenere dicendo che *"l'arte ama il caso e il caso ama l'arte"*. Ma più che una comprensione filologica di quanto sostenuto, appare importante, per gli intenti del presente lavoro, cercare di capire se ciò che viene affermato si è dimostrato vero nel corso della storia.

E proprio per questo scopo diventa importante introdurre l'argomentazione nei confronti di un periodo storico artistico, che ha fatto dell'attenzione a ciò che si verifica casualmente, una vera e propria poetica artistica. Ci si riferisce qui agli artisti del movimento Dadà, il qual nome, Dadà appunto, come 'leggenda vuole', fu trovato aprendo in modo casuale un dizionario; ma anche in particolar modo a Marcel Duchamp, artista questi che ha fatto dell'atteggiamento di attenzione verso il prodursi casuale, una vera e propria consapevole modalità del far *venire all'essere*. Ciò ha offerto una visione più evidente dell'amore dell'arte verso il caso, proprio per il fatto che questo amore non sembra per nulla accessorio, ma bensì appare come una caratteristica del modo *autonomo* di offrirsi dell'esistente stesso.

Chiaro è inoltre, come si è cercato d'evidenziare in precedenza, che Aristotele, tacciando l'accidente di *non essere*, per il bene del pensiero finalistico, ne aveva sostanzialmente decretato l'insensatezza. Ed era certamente questa sua concezione quella che aveva avuto maggior consenso nel corso della storia, proprio perché orientava all'utilità immediata, ai vantaggi pratici, favorendo però anche un pensiero che andava delineandosi come adeguatore a sé dell'esistente. Non sicuramente si era stati molto interessati all' 'inutile' far venire all'essere dell'arte, nella sua 'veste' di amante del caso..

Ma con gli inizi del Novecento matura in alcuni artisti la consapevolezza che l'epoca della modernità porta con sé solo le sembianze del nuovo, dato che ciò che costituisce l'essenza di questa epoca sembra ben radicato in una vecchia concezione: la piacevolezza di quanto viene realizzato. Il conclamato progresso appare quindi nient'altro che una riformulazione del consueto meccanismo di soddisfazione delle istintualità. Ovvero l'epoca del benessere, del piacere dell'essere. Un epoca in cui il moltiplicarsi dei mezzi riproduce ora in modo esponenziale, sia ciò a cui si deve mirare, sia come si debba raggiungere la soddisfazione stessa. Questo 'meccanismo' ciclico instaurato tra volere e soddisfazione, è ciò che appare come l'anima stessa dello spirito borghese, che ingabbia tutto nel suo 'roteare', in modo che nulla di quanto non rientri nelle proprie finalità possa avere senso. La modernità borghese acquisisce pertanto la fisionomia di una sostanzialità aristotelica, rifiutando tutto ciò che non può rientrare nei suoi fini.

II.2. L'antilogica

E' in questa prospettiva che Tristan Tzara, uno dei principali artefici del movimento Dadà, giunge a sostenere che "la psicanalisi è una malattia pericolosa, addormenta le tendenze *anti-realtà* dell'uomo e fa della borghesia un sistema".[54] Egli intravede nella psicanalisi quell'intento ad assumere l'*inconoscibile* come qualcosa di *conoscibile*, ovvero d'inseribile nelle possibilità ordinative del pensiero finalistico. Ciò lo preoccupa, perché attraverso questo tentativo di appropriazione mistificante, vede minati gli inesplicabili fondamenti del senso metafisico dell'uomo. Tzara considera la neonata psicanalisi come l'estremo atto di quella volontà che tutto riconduce ad avere una causa, in modo che esso possa essere circoscritto all'interno delle finalità umane, riponendolo appunto in quel *circolo* in cui la borghesia, come sistema di soddisfazione del volere, ha il proprio dominio.

Sono in effetti queste tendenze anti-realtà che i dadaisti cercheranno di porre in evidenza attraverso l'uso di tecniche casuali. Queste avranno l'arduo intento di *salvare l'arte* dal suo essere divenuta un prodotto, in quanto il "caso ama l'arte", e non può che volerne la sua salvezza. Ma soffermiamoci un momento su quanto appena espresso. Innanzi tutto: perché l'arte che secondo Aristotele è ciò che fa venire all'essere è invece divenuta un prodotto? Un *essere* che ha il carattere del *pro-dux*, che appunto si distingue dagli altri esseri proprio nell'aver ricevuto un ordine, affinché si conduca in un determinato luogo, oppure acquisisca un determinato aspetto. E come mai non gli uomini ma il caso può salvare l'arte da questa condizione?

Alla prima domanda converrebbe rispondere considerando che la distinzione principale tra un prodotto artistico e un qualsiasi altro prodotto, è che il primo non viene realizzato per soddisfare delle esigenze pratiche, cosa che invece motiva il secondo. Ma essendo la ricchezza economica della borghesia incentivo a qualsiasi produzione, essa è anche la maggior committente, o semplice acquirente, di prodotti artistici. In questo ruolo essa può pertanto influenzare la stessa produzione artistica, e se lo farà, sarà certamente verso quel circolo a cui si accennava prima. Comandandogli di entrare nella possibilità di essere qualcosa che soddisfa, ossia che debba piacere al volere, l'opera d'arte acquisisce un valore di *merce*, in quanto propriamente gli viene ordinato di essere alla *mercé* dell'uomo. L'opera d'arte in questo stato di subordinazione diviene una vera e propria entità che può passar di mano, essere venduta e

---

54 Tristan Tzara, *Manifesti del dadaismo e lampisterie*, Einaudi, Torino 1964, c.m., p. 38.

acquistata, dato che è possibile attribuirle un valore di soddisfacimento, come si fa con tutti prodotti.

La produzione casuale artistica pertanto tenterà di ostacolare una produzione d'arte radicata all'interno di un preciso criterio valutativo. In quanto solo il potere *antiumano* del caso, sarà considerato in grado di contraddire le condizioni umano-qualitative della mera piacevolezza. Quelle che appunto rendono l'arte un prodotto con un determinato valore economico. E l'intento principale di Dadà sarà appunto quello di creare scompiglio, di confondere i consueti criteri borghesi di valutazione dell'opera d'arte. E' perché si vuol salvare l'arte alla sua tendenza anti-realtà, ossia alla sua inutilità pratica, che il caso, non essendo assoggettato a nessun criterio prestabilito, esce dal limbo della clandestinità, e infonde nell'arte Dadà gli elementi indispensabili ad una disparatissima e confusa produzione artistica; che comunque verrà col tempo compresa e ap-presa, anche da parte dello stesso sistema borghese dell'arte, soprattutto quando appunto la borghesia non avrà più l'esclusiva del suo sistema, essendosi ormai dissolta da classe sociale in modo di vita generalizzato.

Ma ciò che è interessante porre in rilievo, è il carattere di contrasto posto in atto dal movimento Dadà. Tzara ad esempio titolò diversi suoi scritti con la medesima dicitura: *Il signor A A l'antifilosofo*. Egli fu tacciato, come del resto il movimento Dadà stesso, di nichilismo. Si tendeva a vedere nel carattere *anti* di Dadà, l'impossibilità che questo movimento potesse portare a qualche cosa. E in effetti quello era quanto motivava l'esistenza di Dadà stesso. Fare in modo che l'arte non fosse portata nelle mani del sistema borghese. Ma anche grazie all'amore nichilistico disumano e disinteressato del caso, che l'arte potesse dire *contro*, ossia affermare la sua indipendenza, la sua verità propria. Tutto ciò fu comunque destinato a concludersi tra il 1922-23 con la fine del movimento Dadà e la nascita di quello Surrealista, che ha il suo primo manifesto nel 1924 ad opera di André Breton. Questi, come altri, vedeva nel nichilismo dadaista non un fatto qualificante, ma bensì un limite ad ulteriori sviluppi socio-atrtistici del movimento Dadà stesso. Esso certamente concluse le sue vicende storiche, ma non il suo spirito cesso di alimentare l'esperienze creative future. Se per Tzara la psicoanalisi era una "malattia pericolosa", per Breton è: "argomento sul quale non sono disposto a scherzare."[55] Sarà in effetti l'interesse per l'inconscio e le sue manifestazioni a connotare in particolar modo il Surrealismo. E la dimensione del caso, da simbolo della rottura nei confronti delle esigenze borghesi dell'arte, diverrà oggetto di attenzione delle condizioni inconsce ed oniriche, come fosse il

---

[55] André Breton, *Manifesti del surrealismo*, Einaudi, Torino 1966, p.15.

nascosto tesoro che abita nell'uomo a sua insaputa, e che ogni tanto, e attraverso determinate tecniche, come ad esempio la scrittura automatica, rivela alcuni suoi frammenti. Appurato è che comunque anche il Surrealismo rimarrà nell'ambito della contradizione, seppur forse nei fatti in modo più accondiscendente con l'esigenze qualitative dell'arte. E questo perché il Surrealismo era nato nel, e dal Dadaismo. Lo stesso Breton e altri Surrealisti avevano in modi diversi aderito a Dadà, e anche Tzara e altri Dadaisti avevano partecipato per alcuni periodi al movimento Surrealista. Pertanto anche se l'esigenze dei due movimenti si dimostrano per alcuni aspetti diametralmente opposte, per altri invece coincidettero, proprio come coincisero le persone che in questi movimenti erano attive.

Certamente, come si diceva innanzi, lo spirito Dadà non morirà con il suo movimento. E' a questo spirito che si deve rivolgere l'attenzione, per cercare di capire cosa questo comporti per una concezione di arte intesa come amante del caso. Ciò conviene farlo attraverso alcuni scritti di Tzara che appaiono significativi a questo scopo. Egli a proposito dice: "Dadà antepone l'azione e mette al di sopra di tutto: *il Dubbio*", e più avanti "tutto è Dadà"[56]. Cosa vuol dire anteporre l'azione? Anteporla a cosa? Alla sostanza intenzionale Aristotelica? E

---

[56] Tristan Tzara, *op.cit.*, p.55.

perché il dubbio deve essere "al di sopra di tutto"? Forse perché c'è qualcosa che ci richiede di rimanere vigili, dato che è a rischio la sua sopravvivenza? E poi quel "tutto è Dadà" che riecheggia notevolmente i 'sapori' del *En panta* eracliteo... A cosa allude? A che in tutto è possibile ritrovare lo spirito originario di Dadà? Forse! Proprio perché come l'*En panta* "Dada non significa nulla".[57] Conviene ricordare che la parola Dadà è stata trovata a caso; essa non può avere quindi un significato rintracciabile all'interno di una specifica intenzione. Dadà, il suo spirito, permane nella sua parola, nel suo etimo. Questa parola ha in sé l'evidenza del non preordinato, del non precostituito, del non finalizzato. Ed è attraverso questo spirito che Tzara, "l'antifilosofo", può dire che il "pensiero si forma in bocca."[58] Perché? E' subito detto: se questo si formasse nella mente non potrebbe che essere figlio di quella logica che "tira i fili delle conoscenze e parole, nella loro estrinsecazione formale," in quanto se "sposata alla logica, l'arte vivrebbe un incesto";[59] ossia quello che non le permetterebbe, attraverso il suo amore verso il caso, di emergere dalla sillogistica tautologia del sempre uguale, per accogliere l'unicità di ciò che invece e-viene.

---

[57] *Ibid.*, p.34.

[58] *Ibid.*, p.53.

[59] *Ibid.*, p.40.

Il pensiero che ha in attenzione "l'antifilosofo", ma a questo punto più propriamente anche l'antilogico Tzara, sembrerebbe più un pensiero che nasce per essere ascoltato che non per essere valutato. Il suo nascere nella parola più che nella mente, riconduce questo tipo di pensiero ad inserirsi più nella logica del logos eracliteo, che non in quella del senso comune, esplicitamente avversata da Tzara. Ed è questo che con chiaro senso ironico rimarca quando dice: "*pare* che esistano davvero: il più logico, il molto logico, il troppo logico, il meno logico, il poco logico, il davvero logico, l'abbastanza logico."[60] Pare? Ma la logica è un innegabile criterio di verità... ma non certamente per Tzara! Egli sostiene che "la logica è sempre falsa", ed è più una bella favola che ci si racconta e che conduce verso "scopi e centri illusori."[61] Questo 'accanimento' nei confronti di quello che è generalmente ritenuto uno dei miglior strumenti di valutazione della realtà, è altresì un tentativo di contra-dire il senso comune, il quale tramite il suo *più, molto, troppo, meno* pretende di affermare qualche cosa di vero, quando invece semplicemente lo assimila. Una modalità questa che ha la sua giustificazione solo nei confronti di una considerazione effettiva delle cose più che essenziale, e che per Tzara non può appunto che essere falsa, in quanto tradisce l'indipendenza delle cose a favore di farsele

---

[60] *Ibid.*, c.m., p.55.

proprie; in quanto dietro un più, un molto, un troppo, un meno, c'è sempre un di chi? Di che cosa? Ossia un concetto d'insieme che definisce la realtà attraverso le funzioni che essa è in grado di poter assolvere. Egli quindi sembra riconoscere in Dadà, nella casualità che questa parola porta con sé attraverso la sua origine, il senso di una possibilità diversa d'intendere anche il destino, il quale avendo le sue ragioni fondate nella inconoscibilità della sua essenza, più che nella conoscibilità della sua preordinazione, è la *vera* realtà. Ed è proprio in questa ottica che Dadà nel *Sillogismo coloniale* di Tzara diviene il vero destino, che permette di sfuggire al favolistico destino della logica sillogistica: "Nessuno può sfuggire al destino - Nessuno può sfuggire a DADA' - Non c'è che DADA' che possa farvi sfuggire al destino."[62]

E se è l'imprevedibilità ciò che caratterizza il destino, allora non può meglio essere rappresentata che dalla parola Dadà stessa. La parola che nessuno avrebbe potuto prevedere; la parola che non deriva da nessuna altra parola né greca né latina... che non era già in null'altro, e che perciò è completamente nuova. Nuova è anche l'essenza del destino quando da esso non si vuol nulla, e gli si permette di contra-dire, contra-dirci; perciò di permanere nella sua propria autenticità. E' forse per questi motivi

---

[61] *Ibid.*, p.40.

[62] *Ibid.*, p.65.

che allora una poesia come quella che Tzara consiglia di fare attraverso una tecnica casuale ci può assomigliare? "Prendete un giornale. Prendete le forbici. Scegliete nel giornale un articolo della lunghezza che desiderate per la vostra poesia. Ritagliate l'articolo. Ritagliate poi accuratamente ognuna delle parole che compongono l'articolo e mettetele in un sacco. Agitate delicatamente. Tirate poi fuori un ritaglio dopo l'altro disponendoli nell'ordine in cui sono usciti dal sacco. Copiate scrupolosamente. La poesia vi *somiglierà*.[63]

---

[63] *Ibid.*, c.m., p.56.

II. 3. Il gusto e la risonanza estetica

Ma se Tzara si prodigò notevolmente nella diffusione dello spirito Dadà, Marcel Duchamp fu uno degli artista che lo impersonò maggiormente, sia nella sua produzione artistica, come anche nel modo di condurre la sua vita stessa. Vi è un aneddoto raccontato da Breton che disse di essere rimasto alquanto allibito quando vide Duchamp affidarsi al lancio di una monetina per stabilire se tornare in America o fermarsi a Parigi.[64] Duchamp del resto costituirà un precedente unico per la storia dell'arte, segnando un vero e proprio passaggio epocale del fare artistico. Tutto quanto vorrà avere a che fare con ciò che comporta la contemporaneità artistica, non potrà che considerare gli esiti raggiunti da questo artista per cercare di comprendere cosa alimenta l'arte del nostro tempo.

Questo per il fatto che egli cominciò una sorta di rivoluzione copernicana, revisionando tutto ciò che fino ad allora si dava come acquisito, e non oggetto di riconsiderazione all'interno del mondo dell'arte. Uno dei primi risultati di questo nuovo atteggiamento è riassunto nelle sue stesse parole:

---

[64] Cfr., Arturo Schwarz, *La sposa messa a nudo in Marcel Duchamp, anche*, Einaudi, Torino 1974, p.43.

"cominciai ad apprezzare il valore della esattezza, della precisione, l'importanza del caso... Il risultato fu che il mio lavoro non trovò più amatori, neanche tra coloro a cui piaceva l'impressionismo o il cubismo."[65] Cosa era successo? Perché Duchamp non trovava più estimatori? Perché la sua arte era troppo esatta e precisa, o perché attraverso l'importanza del caso essa era divenuta indecifrabile? Ma anche se l'ipotesi ventilata nell'ultima parte della domanda appare più plausibile di quella iniziale, conviene meglio capire cosa comporta per lui la precisione e l'esattezza nel fare artistico.

Ciò che preoccupa particolarmente Duchamp è che l'arte sia vittima del *gusto*. Egli sostiene che il gusto è semplicemente il piacere che la ripetizione procura. Quindi un'arte in balia del gusto è un'arte piacevole, ma che non fa *venire all'essere* nulla, dato che il suo motivo principale è quello della ripetizione, più che quello della vera e propria creazione. E la creazione non è per Duchamp un atto che debba forzatamente coincidere con il piacevole, proprio in quanto essa gli risulta essere più una disposizione verso ciò che non rientra in una logica del volere ciò che piace, ma tutt'al più un'apertura nei confronti del mai visto, del non previsto. Egli è perciò assillato da ciò che definisce come "questo bisogno di cambiamento, questo desiderio di non

---

[65] Marcel Duchamp. *Marchand du sel*, Rumma, Salerno 1969, p.138.

ripetermi mai..."[66], in quanto la ripetizione, a suo avviso, consolida il piacere, facendolo divenire gusto. Ciò è in fondo la possibilità di continuare a riconoscere attraverso la stabilità, quanto di bello si è provato, per poterne avere sempre l'aspettativa di un ritorno. Quando una qualsiasi produzione rientra in questo circolo, essa perde la sua indipendenza, proprio perché, dice Duchamp: "la cosa fatta esiste di per sé e se sopravvive, allora aveva qualche cosa di più profondo che un gusto momentaneo". [67] Egli ravvisa questa tendenza a riprodurre quanto procura piacere anche nel fare dell'artista stesso. Questi attraverso la ripetizione pone in atto "una forma di masturbazione", dice Duchamp, ed aggiunge: "ogni mattina un pittore, svegliandosi, oltre alla colazione, ha bisogno di una zaffata di trementina... e se non è trementina, è olio, ma è comunque olfattivo...è, da sola, una forma di grande piacere, quasi onanistico..."[68]

E questo è per lui un tradire le ragioni dell'arte a favore di quelle personali, proprio perché è nel piacere che la pittura offre, nella sua sensazionalità, nel godimento fauvistico del colore, che si fonda ciò che lui definisce come *pittura retinica*. La piacevole

---

[66] *Ibidem.*

[67] AAVV, *Marcel Duchamp*, Bombiani, Milano, 1993, (in assenza della numerazione delle pagine viene riportata la data della effemeride che da qui in poi verrà abbreviata in d.e.) d.e. 9-12-1960.

percezione olfattiva, che nell'artista era nominata come "la zaffata di trementina", trova tramite la retina oculare il suo corrispettivo visivo attraverso il piacere che la lucentezza del colore procura. Questo sentire è perciò il piano su cui il gusto pittorico può instaurarsi. E proprio per contrastare questa 'interessata' modalità realizzativa che Duchamp giunge ad abolire in modo graduale dalla sua tavolozza i colori vivi e sensuali: *retinici* appunto; ma che anche acquisisce importanza quella esattezza e precisione che si menzionava innanzi. Questo è ciò che egli riassumerà come "l'impiego di tecniche meccaniche", proprio perché "un disegno meccanico non sottintende alcun gusto".[69] L'abolizione di tutto quanto apparterrà alla possibilità di essere un piacere sensuale, nella pratica artistica di Duchamp, avrà come intento il negare all'arte una codificazione qualitativa, dato che, come sostiene, "la qualità è sempre gusto",[70] e sia il gusto che una ricerca qualitativa dell'arte conducono sempre questa a quel circolo finalistico della soddisfazione, più che a generare quella che l'artista francese definisce, la *risonanza estetica*.

Questo concetto è pertanto ciò che permette di scostare l'attenzione dalla ricerca della "sensazione sensuale" dell'arte, a quella di "un'emozione estetica"; questo in forza del fatto che "il

---

[68] *Ibidem.*

[69] Marcel Duchamp, *op.cit.*, p.141.

gusto ci dà una sensazione sensuale, non un'emozione estetica. Il gusto presuppone uno spettatore dominante che stabilisca inequivocabilmente ciò che gli piace e ciò che non gli piace, e lo traduca in bello e brutto... In modo assai diverso la 'vittima' della risonanza estetica si trova in una posizione paragonabile a quella di un uomo innamorato o di un credente che mette a tacere automaticamente le esigenze del suo io e, indifeso, si sottomette a una piacevole e *misteriosa* costrizione. Nell'esercitare il suo gusto, assume un atteggiamento autoritario; lo stesso uomo, se toccato dalla rivelazione estetica, entra in uno stato d'animo quasi estatico e diventa umile e ricettivo."[71]

L'uomo che esercita il gusto è pertanto per Duchamp l'uomo che esercita la pura intenzione, e questa trova le proprie ragioni solo nell'isolamento dell'io. Un io che in questo stato, tramite il giudizio di gusto, non è purtroppo in grado di far altro che riprodurre le proprie esigenze. Il valore dell'opera d'arte, in questo modo, non potrà quindi che essere in funzione di quella volontà che pone alle proprie dipendenze le possibilità dell'opera stessa. La quale se invece accolta nella purezza della sua essenza, ci offre qualche cosa di sicuramente *misterioso* e *sconosciuto*, ma comunque sempre piacevole. "Un atto umile" lo chiama

---

[70] *ibidem.*

[71] AAVV, *op.cit.*, c.m., d.e. 8-4-1949.

Duchamp. Un atto che non ha in sé la volontà di assoggettazione e di controllo. Ma cerchiamo di avvicinarci al tipo di piacere che la risonanza estetica può favorire. Abbandonata con il "gusto" la sfera dei godimenti sensibili, non ci rimane che il benessere derivante da condizioni legate alla sfera intelligibile. Ma Duchamp a questo tipo di piacere pone una condizione: si deve essere *toccati* "dalla rivelazione estetica". Egli come si è visto, ne parla come di una vocazione spirituale. Ma cosa viene rivelato da questo *tocco*? Innanzi tutto appare ad un primo sguardo che questo tipo di rivelazione non è un'autorivelazione, in quanto essendo estetica essa è mediata dai sensi, e quindi non può provenire direttamente dall'io. Essa è un venir toccati... ma da chi, o da che cosa? E' chiaro: dalla rivelazione! Ma allora cosa ci rivela la rivelazione? Nulla! Essa non può rivelare nulla! O meglio, essa *tocca ognuno, e dice ad ognuno*. La rivelazione non è il rivelato. Essa non può venir assimilata ad un'entità generica. E' invece come una vocazione che rivela ad ognuno il suo rivelato. Richiede quindi un atteggiamento più che una conoscenza. Richiede l'umiltà del disporsi ad essere toccati. Ma pur non essendo una conoscenza, la rivelazione fa conoscere qualche cosa. Ed è questa 'visione' che la rivelazione rivela, a procurare il piacere che deriva da un *dono*; proprio perché esso non era per nulla nelle nostre intenzioni, non immaginavamo di ricevere quel 'vedere'. La gratuità di quel tipo di conoscenza, è tale perché non abbiamo fatto nulla per 'acquistarla', ma solo tutto affinché ci venisse donata. E come se allora l'arte non fosse più solo un onanistico produrre ciò che ci fa piacere, ma bensì una disposizione ad accogliere ciò che non è da noi predisposto, un atteggiamento che appunto, come sosteneva Aristotele, fa venire all'essere: fa venire alla luce della visione conoscitiva.

Duchamp pertanto orienterà il suo fare artistico verso questo atteggiamento, che andrà anche a connotare d'intellettualità la sua produzione artistica. Infatti ciò che egli si prefigge, non è tanto di realizzare delle opere d'arte concluse nella loro composizione 'gustativa', ma bensì dei veri e propri dispositivi aperti alla venuta dell'emozione estetica, di quel particolar tipo di conoscenza che ad ognuno si rivela, se però, comunque, ci si è predisposti al suo tocco. E' inoltre interessante notare che questa concezione estetica non può essere definita tramite nessuna idea generale, proprio come il lavoro artistico di Duchamp stesso. Difatti lui non può e non vuole concludere le opere d'arte che produce nella sua intenzionalità, in quanto saranno coloro che si porranno di fronte a queste, in un certo senso, a 'concluderle' con il loro farsi toccare, con il loro 'emozionarsi'. E' così difatti che lui si esprime in riguardo alla creatività: "l'artista non è il solo a compiere l'atto della creazione poiché lo spettatore stabilisce il contatto dell'opera col mondo esterno decifrando e interpretando le qualifiche profonde, e in questo modo aggiunge il suo proprio contributo al processo creativo."[72]

---

[72] Marcel Duchamp, *op.cit.*, p.150.

II.4. l'artista tra due mondi

Ed è appunto in un'ottica ove l'artista non è più l'unico artefice dell'opera d'arte, che Duchamp fonda le sue concezioni riguardanti l'artista stesso. Questi non potrà più essere un produttore del bello, del piacevole, ma una sorta di medium che si pone tra il mondo degli uomini e il mondo dello sconosciuto. E lo sconosciuto non sarà semplicemente ciò che non si conosce, ciò di cui non si sa quale sia la regola universale che lo governa, ma avrà una sua propria oggettività, sarà un vero e proprio mondo a cui rivolgersi. Lo sconosciuto della risonanza estetica non è una mera astrazione. Esso si offre alla conoscenza tanto quanto *tocca*, tanto quanto ha una sua propria consistenza estetica. E' in questo senso che Duchamp non può parlare dell'artista come di uno scienziato dell'arte, ma bensì di un medium che si frappone fra due mondi incomunicanti, e che necessitano per questo di un'entità disposta a farsi, nell'attraversare, comunicazione. Questo trapassare ha quindi nell'emergere della simbolicità dell'opera d'arte, il suo linguaggio. Un linguaggio che i due mondi hanno generano solo grazie all'artista, solo grazie all'opera d'arte.

Duchamp pertanto riconduce a questo 'artista medium' il diritto fattuale dell'inconsapevolezza di ciò che esso compie, in quanto secondo il suo pensiero "il pittore è un mezzo e non si rende conto di ciò che fa"; perché questo rendersi conto equivarrebbe a mettere in parole ciò che non esiste in parola: dato che "nessuna traduzione può esprimere il *mistero della sensibilità*,"[73] e quindi nessuno di coloro che si offrono ad *essere toccati* può dire che cosa è questo *tocco* nella sua essenza; dato che ciò non può rientrare nella generalità dei significati. L'artista, quindi "agisce come un essere medianico che, dal labirinto al di là del tempo e dello spazio cerca il suo cammino verso una radura."[74] Questi, abbandonata la condizione crono-logica che lo collocava nella matematica coordinazione spazio temporale, ovvero all'interno di una concezione ove il valore di ogni cosa è sempre relativo a qualche cosa d'altro, ove domina il *meglio di...* il *peggio di...* ricerca invece una spazialità sensibile, che simile ad una radura, lo possa accogliere. Una radura è un luogo ove qualche cosa è venuto meno, ove si è generato uno spazio vuoto, e che quindi può accogliere qualche cosa d'altro. Egli, l'artista, cerca questa radura, perché quella è il luogo negativo ove può inserire la sua positività. La radura è ciò che è fatto perché lui possa inserirsi, possa accordarsi con ciò che non è in lui. Egli cerca la

---

73 AAVV, *op.cit.*, c.m., d.e. 2-10-1958.

radura perché è quella il luogo sensibile ove può prodursi una temporalità che non è altro che lo scorrere mediatico. In questa radura dell'assenza, l'artista può approssimarsi al mistero dell'indistinto, proprio perché quello è il luogo ove esso si è disposto come *non essere*, ossia si è preparato ad accogliere, lui l'artista, e lei l'arte, come coloro che lo faranno *venire all'essere*.

Ma è anche questo condurre l'indistinto all'essere, a richiedere che l'artista debba scegliere la radura ove inserirsi. Avendo nel mondo dell'indistinto il mondo di ciò che non è ancora, ossia il mondo delle possibilità perenni, la scelta che l'artista conduce è l'atto che introduce la singola possibilità, il suo non essere, nella definizione dell'uno, nei limiti dell'essere. Una è infatti la scelta; essa non è mai una delle tante medesime, proprio perché il possibile si dispiega attraverso i suoi non esseri, attraverso le sue diverse possibilità. Ogni scelta non può quindi neppure essere la semplice ed indistinta scelta del possibile nella sua generalità, ma solo di una e differenziata possibilità tra le molteplici. Duchamp pertanto attribuisce alla scelta il compito principale del fare artistico. Egli sostiene che "la scelta è la cosa principale nella pittura", e che questa nel suo carattere teorico lo ha "interessato dapprima in modo metafisico", e che "non è affatto l'idea (che si ha) dell'opera d'arte" ad essere importante,

---

[74] Marcel Duchamp, *op.cit.*, p.147.

"ma è l'idea stessa che è stata scelta e che per così dire, è sacra proprio perché scelta..."[75] Appare quindi che questa *scelta* innanzi tutto non sia una *decisione*, ovvero non sia una proiezione oggettivante, che ricerchi la soddisfazione di ciò che si confà al proprio piacere attraverso la decisione sul *dover essere* di qualcosa: ordinando, ordinandogli ciò che esso debba essere, trascurando ciò che invece è. La scelta si differenzia dalla decisione nel fatto di non implicare che il proprio oggetto si modelli sulla determinazione del proprio volere. Anch'essa determina certamente, ma solo nei limiti, e non nell'infondere una dipendenza che trascuri la dignità sostanziale. Come scelta essa è pertanto l'assunzione di qualche cosa nell'uno, è accoglienza nei limiti della definizione individuale. Ma la scelta così facendo non altera le possibilità di ciò che sceglie, in quanto essa è sempre scelta della possibilità. Non impone alle possibilità di divenire risorse atte a soddisfare delle necessità. La scelta non modificando le possibilità su cui si pone, non fa in modo che queste divengano modi di essere confacenti ad un pensiero finalizzato dalle esigenze dell'io. Ma anche essendo la scelta fondata nell'uno, essa non può che rivolgersi al tutto, e per nulla all'infinito. In quanto le possibilità che sono disponibili a collocarsi nell'uno, sono esse stesse tutte le possibilità, e non

---

[75] AAVV, *op.cit.*, d.e. 30-12-1960.

l'infinito delle possibilità; ossia ciò che non può rientrare, essendo un'inconsistente astrattezza, nel finito dell'uno. Ed è per questo che il tutto indefinito per potersi accordare all'uno della scelta e al suo 'invito' di venir all'essere, deve disporsi come radura, come assenza, come un *non essere disposto* ad essere accolto nell'essere.

Comincia quindi a delinearsi un po' più chiaramente la fisionomia di quell'artista medium prefigurato da Duchamp, e principalmente quali siano i suoi strumenti e oggetti d'attenzione. L'artista così connotato è un medium inconsapevole, in quanto non opera direttamente, non è l'artefice di ciò che può apparire, ma tutt'al più è colui che veicolando il venire all'essere, fa sì che tutti possano vedere quanto prima non lo era. Pertanto una volta che qualche cosa è giunto all'essere, il suo vedere non avrà maggior verità di un qualsiasi altro vedente; egli non è per nulla il depositario sulla verità della "rivelazione", ma è solo colui che si è disposto ad accoglierla. Anzi, meglio: colui che ha scelto di accoglierla.

Ed è in questa concezione dell'artista, come colui che si frappone all'interno di una relazione in cui non può essere uno dei suoi termini, ma solo il veicolatore di questi, che assume piena rilevanza per Duchamp il concetto di caso. La realizzazione attraverso le dinamiche del caso di un'opera d'arte, non si limiteranno in lui ad essere semplicemente il 'brutto' che contrasta la piacevole ciclicità gustativo-qualitativa del 'bello', ma bensì, che le cose prodotte siano veramente il frutto di un e-venire all'essere: siano appunto uniche e mai viste. Ciò deriva dal fatto che l'opera d'arte sarà il frutto visibile di un rapporto posto in atto dall'artista medium, tra il mondo delle *ragioni dell'essere,* e il mondo delle *ragioni del non essere.* Ciò che si porrà in opera sarà dunque il risultato di *un essere* che non è solo ciò che colma il *non essere,* facendo a quest'ultimo svanire la sua peculiare essenza, come nemmeno quello proveniente dal lasciarlo isolato nel suo insignificante nichilismo. Ma bensì attraverso il caso posto in atto perché scelto deliberatamente dell'artista, l'opera potrà invece riunire in sé quelle due opposte ragioni dell'essere, le quali, in tal modo, permetteranno di conferire all'essere stesso il carattere dell'unicità. Questo carattere sarà quindi determinato da null'altro che da quell'uno che è stato posto come scelta tra tutte le diverse possibilità.

II. 5. La coppia: 1 e 3

Quanto detto si può rilevare in particolar modo in una realizzazione artistica di Duchamp, quella che porta il titolo *3 stoppages étalon*. L'idea della fabbricazione di quest'opera è rintracciabile in una nota manoscritta dello stesso Duchamp che dice: "se un filo diritto orizzontale della lunghezza di un metro cade dall'altezza di un metro su un piano orizzontale deformandosi a *suo* piacimento e forma" (quest'ultimo termine nell'originale francese è "donne", dona) "una figura nuova dell'unità di lunghezza"[76]... Egli per realizzare l'opera in questione utilizzerà tre diverse sagome rilevate da "tre fili, tre metri di filo che cade e cambia la forma dell'unità di lunghezza, quel metro diviene una curva e si ripete tre volte".[77] E' importante notare in merito a questo argomento, il significato di molteplice che Duchamp attribuisce al numero tre: "come ho detto una volta, il numero 1 è l'unità, il numero 2 la coppia e il 3 la folla. In altre parole tre venti milioni per me, sono la stessa cosa."[78] Inoltre se il numero tre come molteplice è assimilabile al concetto delle

---

[76] *ibid.*, c.m., p.32.

[77] *Ibid.*, d.e. 27-9-1961.

[78] Arturo Schwarz, *La sposa messa a nudo in Marcel Duchamp, anche*, cit., p161.

possibilità del possibile, il numero 1 invece può in questo caso apparire come ciò che attraverso il suo isolamento assolutizzante, conferisce alle cose l'immobilità parmenidea dell'essere. L'uno è appunto il filo che ha ricevuto nel suo coincidere con il pensiero l'ordinamento di essere diritto, di avere la lunghezza di un metro, e di dover cadere dall'altezza di un metro. In questo stato l'uno è l'uno dell'infinito, in quanto è il sempreuguale che infinitamente senza mai mutare può ritornare. E in effetti le condizioni dell'uno saranno le uniche che potranno ripetersi senza modificazioni per le tre-molteplici volte in cui il filo viene disposto a cadere. L'uno quindi, il filo che ha ricevuto l'ordinamento dal pensiero, non rimane però infinitamente immobile nell'assolutezza di sé medesimo, ma si dispone, attraverso la scelta dell'artista, ad accogliere ciò che lo individuerà come unico. L'uno cadendo è come se entrasse nel fiume del divenire eracliteo, ossia va ad accogliere la sconosciuta possibilità insita in quei tre-molteplici gesti, ma anche in quei tre non esseri che in tal modo permetteranno all'uno, oltre che di permanere nella sua sostanza, di, in quel tutto perenne delle insondabili possibilità, acquisire individualità. Ciò che in questo modo appunto si realizzerà, sarà l'evento di ciò che è venuto all'essere, conferendo all'uno unicità.

Una unicità che non può che fondarsi all'interno di un pensiero sostanziale dell'essere, sicuramente, ma attraverso una sostanza accogliente, non escludente, dato che l'esclusione equivale alla ripetizione infinita, mentre l'accoglienza, alla modificazione perenne. Il caso come ciò che non è proprio della regola dell'uno, infonde a questo la sua regola; regola che proprio perché casuale proviene da ciò che non si conosce, che non ha un senso rintracciabile all'interno della nascita e della morte, come si è visto diceva Aristotele, ma che è comunque indispensabile a disporre nell'unicità ciò che nasce e muore. L'infondersi di unicità nell'uno generico ed assoluto, produce nel filo di Duchamp tre-molteplici venute all'essere di qualche cosa che nasce e muore. E' proprio perché egli sa che ciò che viene all'essere nel senso può morire, che si affretta a 'fotografare' i tre eventi del filo caduto in tre sagome campione della partecipazione al senso della vita, della molteplicità esistenziale. L'opera d'arte a questo punto non sarà altro che una sorta di ricordo proveniente da un altro tempo, il ricordo di una venuta all'essere, che continua a permanere in quel suo *essere stata fatta*, in quell'*essere nata*. L'opera d'arte in questo modo non può più essere qualche cosa che può più o meno piacere, proprio perché il suo valore si sarà collocato nel senso per cui essa è stata fatta. Sarà quindi questo senso ad infonderle bellezza; questa sarà principalmente la 'cattura' delle possibilità che mostra.

Duchamp amava il gioco degli scacchi, proprio perché in gioco vi era la realizzazione delle possibilità che il gioco stesso offriva. Si racconta che uno dei motivi per cui a volte perdesse delle partite, era dovuto al fatto che lui ricercasse più la bellezza delle possibili posizioni sulla scacchiera che non di vincere le partite.[79] Egli diceva che "la bellezza di una posizione negli scacchi" stesse "nel fatto di non essere statica. La bellezza sta nelle possibilità inerenti."[80] In questo *bello del possibile* è ravvisabile quindi in tutta la sua portata innovativa quel sovvertimento dei criteri valutativi dell'opera d'arte. La sua capacità o meno di accogliere il possibile offrendogli la stabilità della visione nell'essere, è quanto converte il senso della bellezza, dal ripetitivo-gustoso, al mai visto. Questa bellezza non si conclude perciò nell'infinito della ripetizione, dato che il suo aver accolto il possibile non è solo la manifestazione di un'accoglienza fatta e conclusa, che tutt'al più potrà ripetersi in tempi e modi diversi senza però poter più accogliere nulla, ma bensì l'evidenza che questa stia avvenendo, stia perdurando, come accoglienza che continua ad accogliere le nuove e singolari possibilità.

Duchamp inizia quindi dalla consapevolezza dell' "impossibilità dell'artista di esprimere completamente la sua intenzione",[81] per riconoscere a questa impossibilità, non un senso limitativo, ma bensì ciò che ne permette la 'lotta creativa'. Egli in merito afferma che "la lotta verso la realizzazione è una

---

79 Cfr., *ibid.*, p.77.
80 AAVV, *op.cit.*, d.e. 12-4-1963.

serie di sforzi di sofferenze, di soddisfazioni, di rifiuti",[82] proprio per il motivo che l'artista è un mediatore tra istanze diverse, e non è per nulla il depositario sull'esito finale che questa lotta potrà avere nell'evidenza dell'opera d'arte. Pertanto, in una determinata opera, ciò che l'artista "aveva progettato di realizzare e quello che ha realizzato è il 'coefficiente d'arte' personale contenuto nell'opera."[83] Questo comporta che un'opera non è mai contenuta completamente nell'intenzione dell'artista, e che in essa vi è anche un coefficiente di ciò che non è stato realizzato in modo esclusivamente intenzionale. Ma se a quest'ultimo coefficiente non gli si conferisce ugual dignità di quello personale, esso non appare più come ciò che mutamente ha collaborato nella lotta alla realizzazione di un'opera d'arte, ma bensì verrà considerato un *errore* dell'artista. Il non essere riusciti ad esprimere, o meglio, ad 'imprimere' compiutamente sul quadro le proprie intenzione, è il motivo per cui nella storia dell'arte molti artisti abbiano ripetutamente cancellato o addirittura rotto molte delle loro tele. Ed è questa consapevolezza di un coefficiente non personale, a far sì che si possa rivolgere l'attenzione verso quanto non è padroneggiabile come a qualche cosa di non ostile, solo perché indomabile, ma

---

[81] Marcel Duchamp, *op.cit.*, p.149.

[82] *Ibidem.*

[83] *Ibidem.*

bensì arricchente. Una ricchezza che proviene ad esempio dal comprendere che lo spago di un metro diritto lasciato cadere dall'altezza di un metro, non rimarrà ritto quando cadrà, e che quindi la curva che gli verrà *donata* in questa caduta, per una volta non rovinosa, non sarà un errore, ma bensì il non essere solo il risultato di un ideale. E se vi è questa comprensione, allora anche lo spago stesso accolto nell'indipendenza del suo libero stare, cadendo, non donerà mai allo spago una lunghezza superiore a quella di un metro, ossia permarrà nella *razionale realtà* che l'uno medesimo, attraverso il pensiero e il suo coincidere con l'immobilità dei limiti dell'essere, gli ha ordinato.

Il gioco di uno spago? O un *ac-corda-rsi* tra dimensioni con ugual dignità? Quello che Duchamp sembra porre in atto quindi pare un gioco piuttosto importante, anche se comunque non vuol essere eccessivamente importante, ossia ciò che ne comprometterebbe la sua essenza liberatoria, il suo fare in-sub-ordinato. Un gioco che non può che rimanere pertanto divertente. Con queste caratteristiche si presenta anche quello che Duchamp chiama il "gioco del barile", o anche quello per realizzare una "bellissima scultura d'abilità";[84] è in questo modo che egli ne parla in una nota manoscritta. Questo 'gioco' egli lo formula come prassi per realizzare una parte della sua opera *La*

---

84 *Ibid.*, p.56.

mariée mise à nu par ses célibataires, même, o anche detta, in modo più succinto, *Grande vetro*. Il gioco citato riguarderà una sezione di questa opera riconoscibile come dei 'nove spari', corrispondente a nove fori di ugual dimensione dislocati in modo asimmetrico in un'area piuttosto circoscritta in alto, dalla parte opposta alla raffigurazione della *mariée*, ossia la sposa del *Grande vetro*. L'idea della collocazione spaziale dei nove fori è così sintetizzata dallo stesso Duchamp: "cannone - fiammifero - bersaglio - Ripetere questa operazione 9 volte - 3 volte per 3 volte dallo stesso punto."[85] E poi aggiunge: "con una destrezza ordinaria questa proiezione sarà una riproduzione per moltiplicazione del bersaglio".[86] E quella visibile sul *Grande vetro* sarà proprio frutto di una destrezza di questo tipo. Cosa comporta pertanto esibire in un opera d'arte questo tipo di "destrezza ordinaria"? Questa è ciò che in genere avviene, non quella che virtuosisticamente avviene: centrare il bersaglio! Ma anche se la destrezza fosse 'eccezionale', prima o poi nella *molteplicità* dei tre bersagli uno di questi verrebbe sbagliato. E' del resto lo stesso Duchamp che lo dice: "La questione dei 9 Spari era stata una questione di abilità"... "la persona che sparava indipendentemente dalla sua abilità non avrebbe potuto colpire il bersaglio."[87] Ciò equivale a dire che

---

[85] *Ibid.*, p.27.

[86] *Ibidem.*

[87] AAVV, *op.cit.*, d.e. 17-4-1958.

l'ordinario duchampiano, quello che lui ha premura di far vedere, predisponendo a rendere *non* colpibile il bersaglio, appare come la consapevolezza che fra l'idealità del centrare il bersaglio e il colpirlo effettivamente vi è ovviamente una differenza sostanziale, ed è questa ovvietà, come ciò che è ordinario, a meritare di essere 'esposta', a meritare l'ammirazione; questa, nelle sue sembianze di possibilità d'errore, non è da nascondere. Il bersaglio mancato, non va occultato, come sbaglio di cui vergognarsi. In gioco non c'è solo l'onore derivante dal virtuosismo o meno di colui che cerca di colpirlo.

In questa prospettiva Duchamp può quindi affermare che "non esiste soluzione perché non esiste problema."[88] Il problema di colpire il bersaglio, ad esempio, potrebbe apparire quindi come un falso problema, proprio perché prima o poi il bersaglio, come soluzione, viene sbagliato. Non essendovi una soluzione definitiva al problema di colpire il bersaglio, viene meno anche la necessità di doverlo a tutti costi colpire. Ma se queste condizioni annullano la necessità di colpire il bersaglio, non di conseguenza annullano anche quella della presenza del bersaglio stesso. Questo è quanto motiva gli spari, collocandoli all'interno di una dimensione di senso, ossia di essere bersagli mancati e non spari per il solo gusto di sparare, per il solo compiere una azione

---

88 *Ibid.*, d.e. 1-6-1953.

piacevole. Duchamp esprime bene questo concetto dicendo in un'intervista: "mi era impossibile adattarmi a una pittura applicata a caso", ma anche più avanti nella stessa: "cominciai ad apprezzare"... "l'importanza del caso..."[89] Una contraddizione? sì certamente! Proprio perché vengono affermate dal medesimo soggetto due concezioni opposte, ma non una contraddizione nelle intenzioni di Duchamp, dato che lui non aderisce ad entrambe le concezione del caso che lì emergono, ma una la rifiuta e l'altra la sostiene. Egli rifiuta quella concezione che annulla ogni responsabilità nei confronti del proprio agire, per affidarsi esclusivamente e completamente al piacere invasivo ed estraniante del caso. Duchamp altresì pensa al caso come entità che deve entrare in rapporto al pensiero, altrimenti esso rimarrebbe una pura piacevolezza del sentire, rimarrebbe in quella dimensione che fomenta solo la ciclicità del gusto, non entrando a far parte di ciò che invece può possedere un proprio senso, ovvero sia anche ciò che *ha* senso.

L'artista francese ravvisa, sia nel completo abbandono all'invasività del caso, come nel tentativo del suo completo dominio, due tendenze entrambe motivate dal voler dal caso qualche cosa: volere, o che esista solo il caso, o che non esista per nulla. Non un riconoscimento invece di quanto il caso porta con

---

[89] Marcel Duchamp, *op.cit.*, p.138.

sé nella sua essenza incondizionata. Ciò è dato dal fatto che quando "le linee il disegno sono 'forzate'"... "perdono l'approssimazione del 'sempre possibile'",[90] di ciò che è nella *sua* realtà. E sia quando si vuol a tutti i costi colpire il bersaglio, che quando non si pone nessun bersaglio, si perde di vista il *senso dello sparare*. Ma un'altra considerazione conviene svolgere attorno al tema dei "nove spari". Questo ha in sé un nucleo di pensiero che lo avvicina alla concezione dell'*En panta* eracliteo. Ciò si evidenzia nel fatto che se uno è il bersaglio, allora ogni colpo potrà essere diverso, ossia l'uno potrà essere tutto. Duchamp, come si è visto, pone nel tre il concetto di molteplice. Pensando a *tre bersagli* egli mette in rilievo che la molteplicità come tutto, deve porsi già nel pensiero del bersaglio, e non risultare solo come bersaglio mancato; cosa che comunque avverrà. E' attraverso la concezione che l'uno e il tutto permangano nella stessa proposizione a far sì che l'uno, il pensiero, si disponga ad accogliere, non a rifiutare, il non preordinato. Ciò sarà anche quanto permetterà al tutto come indefinito, di partecipare, con ugual dignità, alla realizzazione dell'esistente. Questa realizzazione, ciò che costituirà l'opera d'arte, sarà a questo punto non la causa della sua piacevole bellezza, ma un vero e proprio mani-festo riguardante la verità delle cose.

---

[90] *Ibid.*, p.75.

II. 6. Trappole da evitare

Ma bisogna comunque prestare attenzione al fatto che se non vi sarà un bersaglio, allora gli spari non si saprà dove andranno a finire, e quindi non si potrà neppure dire se *sono* avvenuti. Come fosse: senza l'uno il tutto non può disporsi nel non essere per venire accolto nell'essere, ma bensì rimane nell'indifferenziatezza di un tutto infinito, concretamente nulla. Ed è questa necessità che l'uno e il tutto, non solo possano rimanere nella medesima proposizione, ma anzi, non possano che essere nella medesima proposizione, a permettere che si possa parlare dell'essenza delle cose più che del loro modo di prestarsi ad essere oggetti di soddisfazione. Un essenza che spesso viene trascurata, in quanto non avendo su di essa nulla da dire, per paura di far dell'inutile filosofia, ossia cercando solo ciò che si vuole, ci si avvia a fare in modo che le parole non dicano altro che niente.

Questo linguaggio che trascura l'essenza delle cose, è quello che fa in modo che il linguaggio possa divenire una sorta di trappola per il pensiero, il quale, secondo Duchamp, si trova ad essere determinato "sulla e alla stregua della parola" invece di "esprimere il subconscio", l'essenza non evidente, non strumentale, dell'esistente. Egli appare piuttosto infastidito nei confronti di ciò che definisce come "detestabili strumenti: soggetto, verbo, oggetto ecc."[91] Strumenti che portano con sé il modo in cui debbono essere utilizzati, e che quindi richiedono che il pensiero si adatti alle loro esigenze, per poter esprimere ciò che è comunque delimitato dalla loro stessa possibilità strumentale d'uso, più che a quella di espressione essenziale delle cose. Per Duchamp quindi "il linguaggio è un grande nemico. Il linguaggio è il pensiero dell'uomo".[92] Un linguaggio che prende avvio dal pensiero dell'uomo è un grande nemico? Ma perché? Possono esservi anche pensieri pensati dall'uomo che non sono umani? E quindi anche linguaggi da lui parlati ad essere di questo tipo? Per il nostro artista parrebbe proprio di sì! Questi pensieri e linguaggi non umani, non comportano forzatamente l'assenza sostanziale dell'uomo, ma più che altro il suo venir meno nel pervadere con le proprie necessità sia il pensiero che il linguaggio. E' quindi l'esigenza di non concludere le cose nelle necessità umane, a motivare Duchamp verso un atteggiamento di non giudizio nei confronti dell'esistente. "Io credo" egli dice, "che qualunque cosa uno faccia vada bene e mi rifiuto di lottare per questa o quella opinione o per l'esatto contrario".[93] Questo

---

[91] AAVV, *op.cit.*, d.e. 8-3-1956.

[92] *Ibid.*, d.e. 15-2-1963.

[93] *Ibid.*, d.e. 11-9-1929.

atteggiamento che a prima vista potrebbe sembrare d'indifferenza, in effetti oltrepassa l'indifferenza stessa. E' lui stesso che lo dice: "per me c'è qualche cosa d'altro a *sì no* e *indifferente* - per esempio *l'assenza di indagini di questo genere.*"[94] Innanzi tutto, cosa appare motivare un atteggiamento di questo tipo? Generalmente il rischio del giudizio e quello di compromettere la libertà di chi o cosa ad esso viene sottoposto. Il giudizio mette in subordine di sé; è quanto non ascolta altre ragioni, dato che deve semplicemente ammettere o espellere quanto si confà o meno alla ragione che lo motiva. In questo modo il giudizio è quanto richiede un'adeguazione o meno alle sue necessità, con il risultato di compromettere l'autentica essenza delle cose. Esso coordina all'interno e in rapporto al sì al no all'indifferente, come espressioni che dapprima fanno rientrare o meno le cose attraverso il concetto d'indifferenza nell'ambito del giudizio stesso, per poi tramite il sì o il no ammetterle o meno alla partecipazione degli specifici criteri che riguardano la loro valutazione. Criteri che si fondano non sulle esigenze di chi viene giudicato ovviamente, ma da chi giudica. Un coordinamento quello posto in atto dal giudizio, che trova la sua definizione all'interno della legge dell'utilizzo di ciò che si lascia utilizzare, e di espulsione di quanto non lo permette.

---

[94] *Ibid.*, d.e. 4-10-1954.

L'atteggiamento da parte di Duchamp di porsi al di fuori del giudizio, potrebbe essere assimilato ad una sorta di epoché, anche se in fondo se ne differenzia sostanzialmente. Esso non si limita ad una sospensione momentanea del giudizio, ma al suo completo bando. Ciò perché Duchamp non vuole solo *vedere* le cose come sono indipendentemente dal giudizio, per poi continuare a giudicarle, ad utilizzarle. Una sospensione del giudizio che abbia in vista un futuro giudizio migliore, è dal suo punto di vista un rimanere nell'atteggiamento del giudizio, nell'atteggiamento di essere *nemico* di ciò che invece vuol essere solo ciò che è. Ed è anche nel riconoscere questo tipo d'indipendenza alle cose, che lo stesso pensiero e linguaggio possono emergere dalla loro inautenticità, in modo da sciogliere quel vincolo appropriante che li farebbe essere solo un pensiero e un linguaggio somiglianti a come l'uomo li vuole.

Egli appare perciò consapevole che l'atteggiamento subordinante fondi la sua autorevolezza in leggi che godono di grande stima, come fossero delle vere e proprie leggi di natura. In merito a ciò Duchamp dice: "prendete la nozione di causa: causa ed effetto distinti ed opposti. Tutto ciò è veramente insostenibile. E' un mito".[95] Delle favole che hanno dato il loro senso alla realtà, non sono il senso della realtà. Ma se ciò è quanto appare

---

[95] *Ibid.*, d.e. 2-8-1945.

veramente importante, allora ciò che Duchamp considera veramente importante non potrà mai emergere? Sulla base di queste ragioni la sua produzione artistica cercherà di 'danneggiare' la credibilità delle 'favole importanti'. Egli considererà appunto, "la serietà una cosa molto pericolosa". Come un arroccarsi in posizione difensiva, non permettendo che il gioco seguiti liberamente il suo corso. Pertanto sulla serietà egli dice che "per evitarla bisogna far intervenire l'umorismo."[96] Questo in effetti permeerà vigorosamente la sua produzione artistica. E' il caso ad esempio di uno dei suoi *ready-made* più famosi: *Fountain*. Esso non è altro che un semplice orinatoio, di quelli che vengono posti nelle toilette pubbliche maschili, firmato su un lato con lo pseudonimo R. Mutt. Il rifiuto ad esporre questo oggetto da parte della *Società degli artisti indipendenti,* trova nel numero due della pubblicazione *The Blind Man* una interessante presa di posizione di Duchamp a favore di quanto egli reputava a pieno titolo una sua creazione. Così ne parla: "quali sono state le ragioni del rifiuto della fontana di R. Mutt: 1. Alcuni hanno sostenuto che è immorale, scurrile. 2. Altri che è un plagio, nient'altro che un articolo idraulico. Ora che la fontana sia immorale è assurdo: non lo è più di una vasca da bagno."[97] E allora? Ma è vero! Sarà che chi *vuol vedere* in fondo non vede che

---

[96] *Ibid.*, d.e. 8-12-1961.

un orinatoio assomiglia moltissimo ad una vasca da bagno? E'
quindi allora solo *l'uso* delle cose a determinarne il suo *essere*?

---

97 Arturo Schwarz, *Almanacco Dada*, Feltrinelli, Milano 1976, p.73.

III. Tra l'uso trasfigurante delle cose e l'evento in opera di materia e pensiero, come lotta per la verità della forma nel suo storicizzarsi

III. 1. L'interrogativo dell'arte

Conviene ora cercare di vedere il modo in cui l'umorismo, a cui Duchamp attribuisce la capacità di ostacolare la pericolosità di tutto quanto si presenta come serio, rientri nella sua poetica artistica. La questione è assai delicata, in quanto attraverso l'*humour* si pone in discussione non solo il fare artistico specifico di Duchamp, ma la validità generale di questo fare. Quindi diviene importante cercare di comprendere come la sua attività artistica rientri o meno in quella dissoluzione che secondo Hegel, attraverso l'acuirsi delle ragioni della spiritualità soggettiva, viene nell'arte romantica a realizzarsi. Il filosofo evidenzia ciò nelle sue *Lezioni d'estetica*, vedendo in questa 'forzatura' spirituale, il modo per cui la "bellezza dell'ideale classico" non sia più l' "ultimo stadio dell'arte"; bellezza che del resto ha per lui il "suo contenuto più adeguato"; ma sarà bensì la "bellezza *spirituale* dell'in sé e per sé interiore quale spirituale in sé infinita",[98] a dettare le regole del fare artistico nello stadio dell'epoca romantica.

Un fare che avrà perciò dileguato nella sua *infinità* quell'accordo che l'arte classica, fondandosi sulla sensibilità del molteplice più che sull'astratta assolutezza dell'infinito, aveva raggiunto. L'arte classica, bisogna ricordare, facendo storicamente un passo indietro, aveva per Hegel sottratto dall'indigenza del puramente sensibile, o anche del puramente oggettivo, l'arte; questa, intesa appunto nella sua mancanza di spiritualità soggettiva, veniva definita come arte simbolica, ossia una forma d'arte primordiale. Una sottrazione, quella dell'arte simbolica, eliminata storicamente dall'infusione nell'arte della spiritualità soggettiva; questa avrebbe come arte classica permesso di raggiungere quell'elevatezza mai raggiunta dall'arte prima d'allora. Culmine che Hegel definisce come "pieno accordo di significato e forma". Uno spirito che pertanto non si era manifestato come nell'arte romantica in modo "assoluto ed eterno", ma bensì "come particolare, come umano".[99]

---

[98] G.W.F. Hegel, *Arte e morte dell'arte*, Mondadori, Milano 1997, p. 206.

[99] *Ibid.*, p.181.

La questione che Hegel solleva attraverso questo discorso è se l'arte, dopo questo sviluppo ascendente che l'ha portata al suo apogeo come arte classica, si trovi nel periodo romantico ad essere, oltre che nel superamento del proprio punto massimo, alla fine di un processo discendente, e quindi di sostanziale conclusione delle sue prerogative. La domanda fondamentale è perciò la seguente: dopo l'arte romantica è ancora possibile parlare di esistenza dell'arte? O questa è stata completamente assorta all'interno della spiritualità soggettiva? Se ci si dovesse fermare agli esiti formali della produzione artistica di Duchamp, non vi sarebbero molti dubbi nel constatare una completa assenza di canonicità artistica nella sua produzione. E' certamente difficile che si possa dire ad esempio che un *ready-made* sia un'opera scultorea oppure pittorica, così come il definire tipologicamente anche molti altri suoi lavori artistici. Cosa che pone anche il legittimo dubbio se ciò che Duchamp fa, possa essere ritenuto ancora partecipe del canone dell'arte, o se la sua produzione, dominata appunto da quella spiritualità soggettiva che Hegel menziona, abbia svuotato di contenuto la condivisibile obbiettività del canone, come pure però, facendo venir meno il modo in cui il concetto d'arte si è sempre inteso, abbia anche svuotato l'arte dai suoi significati tradizionali.

III. 2. Il tradimento accidentale del ridere

Ma Hegel ci fornisce altri elementi su cui basare una valutazione più appropriata anche della produzione artistica di Duchamp. Questi passano attraverso la concezione dell'umorismo. Dapprima è importante rilevare che l'umorismo, il quale nell'ampiezza del suo significato appartiene all' 'universo del ridicolo', sia una sorta di esito non consono alle attese, come del resto anche lo stesso Kant sostiene, quando afferma che "il comico è un'aspettativa che finisce nel nulla".[100] Ciò è palese ad esempio nel fatto che quanto in genere si presenti come ridicolo, è tale proprio perché si presenta come unico. Una delle cose di cui una persona che si accinge a presentare una barzelletta ha premura di constatare, è se la barzelletta che vuol raccontare è già stata udita dai suoi ascoltatori. Cosa che certamente comprometterebbe l'esito di riso di quel divertente racconto: lo scopo effettivo della barzelletta. Ma è comunque anche Aristotele che ci fa notare come comunque qualcosa che non rientri nell'intenzionalità e nell'aspettativa, si offra come ridicolo. Egli in merito dice che non raggiungere uno scopo conseguente ad una aspettativa è come "se uno dicesse d'aver fatto il bagno invano

---

[100] Frase citata in Sigmund Freud, *Il motto di spirito*, Boringhieri, Torino 1975, p.221.

perché il sole s'è eclissato, sarebbe ridicolo. Infatti questa cosa non era in vista di quella".[101] Ciò pone il ridicolo nell'essere l'esito di un evento che ha i medesimi attributi dell'accidentalità. Pertanto appare possibile riconoscere nella oggettività degli accidenti, il movente portante del ridicolo stesso, e vedere solo in un secondo momento, attraverso il suo riconoscimento da parte del soggetto, la possibilità che questi se ne serva; ad esempio attraverso l'occulta intenzionalità di uno scherzo, che lo fa essere, per coloro a cui è rivolto, imprevedibile. In questa prospettiva fondamentale per il ridere rimarrebbe comunque il *tradimento dell'aspettativa*. E per coloro che ridono, è indifferente distinguere se questo tradimento è avvenuto intenzionalmente o meno, dato che chi cade da una sedia per uno scherzo dovuto ai propri compagni, o dalla instabilità della sedia stessa, tradisce ugualmente le aspettative di star seduto, e può suscitare in entrambi i casi, per il sol fatto di cadere, il riso. Ma che comunque ciò che suscita il riso possa avere origini diverse, è quanto fa sì che il senso stesso del ridere venga a definirsi sulla base di condizioni che possono essere incompatibili, ponendo quanto riguarda la liceità del modo in cui si giunge al riso, nella possibilità di una concezione controversa.

---

[101] Aristotele, Fisica, U.T.E.T., Torino 1999, p.175 (197 b).

III. 3. Prevaricazioni e riconoscimenti dell'humour

Hegel pertanto individua in questo 'tradimento' a favore del riso, ossia l'*humour*, una forma poetica tipica dell'arte romantica. Ma anche, come si è visto, tipica dello stesso Duchamp. Attraverso l'umorismo il filosofo vede uno dei due modi del "dissolversi dell'arte stessa". Questo primo modo, dice Hegel, si produce "nella completa accidentalità soggettiva dell'apprensione e della rappresentazione nell'*umorismo*, come rovesciamento e spostamento di ogni oggettività e realtà mediante l'arguzia e il gioco della visione soggettiva, e termina con la potenza produttiva della soggettività artistica su ogni contenuto e su ogni forma."[102] Mentre l'altro modo risulta compiersi "nella rappresentazione della realtà ordinaria come tale, degli oggetti come essi sono presenti nella loro singolarità *casuale* e nella loro particolarità".[103] Quest'ultima modalità del dissolversi dell'arte mostra la sua sostanzialità in una sorta di abbandono alla libera casualità dell'avvenire delle cose. E per alcuni versi può essere ricondotta all'affermazione precedentemente citata di Duchamp, riguardante la sua impossibilità di adattarsi a una

---

[102] G.W.F. Hegel, *op.cit.*, p.230.

[103] *Ibidem*, c.m..

"pittura applicata a caso"; cosa che ben evidenzia appunto la necessità di non accettare incondizionatamente ed universalmente 'le regole' delle cose nella loro integrità. Il modo di dissolversi dell'arte attraverso l'umorismo, appare invece riguardare la hegeliana "accidentalità soggettiva"; quella che oggigiorno invece saremmo portati a nominare come arbitrarietà individuale. E per un artista come Duchamp che pone la *scelta* a principio della pittura, questo modo appare certamente più 'compromettente'; offre maggiori credenziali al dubbio che il suo fare artistico, così venato d'umorismo, possa essere una chiara manifestazione di quel dispotismo soggettivo che porterebbe alla hegeliana dissoluzione dell'arte.

A questo punto appare necessario individuare quali sono le implicazioni dell'umorismo poste in evidenza dal filosofo tedesco nei riguardi dell'arte. Egli appunto sostiene che "l'arte romantica"... "affetta dall'opposizione", fa in modo "che la soggettività in sé infinita è per se stessa inconciliabile e deve rimanere inconciliata con la materia esteriore."[104] Questo isolamento soggettivo che caratterizza l'arte romantica, è quanto certamente attraverso quel "e deve" la qualifica, ma che anche l'arte conduce alla sua fine. E' attraverso l'umorismo comunque, che la peculiarità romantica posta in luce da Hegel sferra uno dei

---

[104] *ibid.*, p.229.

suoi 'fendenti' più carichi di conseguenze. Infatti "è l'artista stesso che entra nella *materia*" e, il "mondo esteriore"... "disgrega e dissolve in sé mediante la potenza di trovate personali, di guizzi di pensiero, di *sorprendenti* modi d'intendere."[105]

Un atteggiamento che ha quindi le sembianze di un vero e proprio sopruso nei confronti di quella materia che costituisce il "mondo esteriore". In questo atteggiarsi vi è consapevolezza delle dinamiche che suscitano il riso; vi è comprensione che si deve tradire le aspettative attraverso "sorprendenti" stravaganze, e che l'ammirazione sia dovuta appunto a ciò. A quella "abilità del tutto soggettiva che si rivela capace".[106] Capace, verrebbe d'aggiungere, di meravigliarci con effetti sorprendenti. Ma quanto probabilmente rende poco sostenibile questo tipo di umorismo, è proprio ciò su cui si basa, ovvero il suo non radicarsi in rapporto alla verità delle cose. L'umorismo che fa appello esclusivamente all'abilità inventiva, potrebbe dunque risultare simile ad una maschera grottesca, che oltre a non denunciare il suo essere maschera, manipola con mimetica spregiudicatezza l'essenza casuale delle cose; rivolgendosi quasi esclusivamente all'imitazione finalizzata a mistificare la continua vittoria delle cose, quando ciò che è ambito è la continua vittoria dell'umorista.

---

[105] *ibid.*, c.m., p.241.

[106] *ibid.*, p.240.

Pertanto in tal modo viene meno quanto invece si dimostra più importante per la verità di un rapporto, ossia il mostrare quell'eterna lotta che esiste tra l'uomo e le cose, sia tramite le umane *vittorie*, come, attraverso la peculiarità dell'*humour*, nelle sue giuste e proprio per questo ridicole *sconfitte*. Inoltre i "guizzi" di un umorismo prevalentemente improntato dal moto soggettivo, non sarebbero comunque in grado di allontanarsi eccessivamente dall'intenzionalità, dimostrando di essere eccessivamente legati ad un vincolo ripetitivo, che ne altera la purezza dell'evento mostrato; purezza che come unicità invece il ridere richiede peculiarmente per sé.

L'umorismo grottesco in effetti è più rivolto alla derisione, allo sminuire il proprio oggetto con l'intento di accrescere valorialmente colui che invece ne è il soggetto deridente. Esso si circoscrive più in quella sfera del giudizio la cui mira è in fondo di assolvere ciò che al soggetto giudicante si assoggetta, e punire, deridere per mezzo della trasfigurazione grottesca, ciò che invece ad esso non si vuole assoggettare. Un esempio piuttosto indicativo al fine di comprendere meglio la differenza tra puro riso e derisione, ci può pervenire da una narrazione esposta da Sigmund Freud nel suo libro intitolato *Il motto di spirito*.

Egli così si esprime: "può essere istruttivo il caso più grossolano d'umorismo, il cosiddetto umor macabro. Un briccone che viene condotto alla forca di lunedì, esclama: 'comincia bene la settimana!' Questo propriamente è un matto, poiché l'osservazione è in sé *veramente* azzeccata; d'altra parte è assurdamente *fuori posto*, visto che quella settimana non gli porterà certo altre novità."[107] Nelle parole del cosiddetto "briccone" è quindi presente sia la casuale verità della situazione, è effettivamente il primo giorno della settimana, come il tradimento dell'aspettativa: per lui la settimana non avrà altri giorni, anche se per altri probabilmente sì. Il tradimento in questo caso non è motivato dalla volontà di trasformare qualcosa in qualcos'altro, come se quello avesse ad esempio detto: 'una settimana troppo corta per divenire anche brutta', in modo da evidenziare la 'sua fortuna' nei confronti di chi invece 'purtroppo' dovrà ancora vivere. Nel "briccone" di Freud, la settimana rimane una settimana come sempre, anche se da questi ci si aspetterebbe che non la considerasse come tale. L'essenza della verità della situazione, nonostante questa essenza potrebbe benissimo venir offuscata dall'*utilizzo* nefasto e conclusivo di quella giornata, rimane quella di essere il primo giorno della settimana. Questa essenza non muta divenendo una 'settimana corta', dato che comunque la verità della settimana rimane quella di comporsi di sette giorni. A ben guardare ciò che connota il

---

107 Sigmund Freud, *op.cit.*, c.m., p. 251.

carattere dell'umorismo del 'briccone freudiano', è di tradire l'aspettativa che di qualcosa si può avere, considerandolo solo per quello che è, mentre ci si aspetterebbe appunto che questi venga considerato per l'impiego che invece se ne fa. E come in precedenza si è visto nella 'replica' di Duchamp alla mancata esposizione del suo *ready-made Fountain*, anche in quel caso il ridicolo scaturiva, non da una fantasiosa artefazione, ma dal mostrare una verità che appartiene alle cose stesse, a prescindere da come queste generalmente attraverso il loro utilizzo, vengono considerate. Mentre appunto l'artefazione non può essere che finzione, come è ad esempio il frangente, dice Freud, della "imitazione, che procura in chi ascolta uno straordinario piacere e rende comico il suo oggetto".[108] In questo modo però l'oggetto è in balia di colui che dall'oggetto *vuole* qualcosa. E, continua Freud, diviene possibile ottenere per mezzo di *"parodia e contraffazione"*... "la degradazione di ciò che è" invece "elevato".[109]

Quanto qui appena riferito, potrebbe essere accostato al carattere di un'opera di Duchamp dal titolo *L.H.O.O.Q.* . Questa consiste in una riproduzione fedele del famoso dipinto *La Gioconda* di Leonardo Da Vinci. Al soggetto di questo quadro Duchamp ha apposto due baffetti e un pizzetto. L'aspetto

---

[108] *Ibid.*, p.222.

[109] *Ibid.*, p.223.

umoristico è reso dal fatto che non ci si aspetterebbe che una donna, tra l'altro così famosa, possegga gli attributi che questi ha voluto riferirle. Ma nonostante l'intervento artistico appaia notevolmente ironico, esso non è volto alla contraffazione della donna rappresentata. Il riso non ci proviene dall'abbrutimento. L'interesse di Duchamp non è quello di fingere che quella donna abbia realmente baffi e pizzetto. Non vi è un intento illusionistico. Si vede benissimo, come ad esempio nella versione del 1930, che i baffi e il pizzetto sono segni apposti, e che non dimostrano per nulla la volontà di trasformare l'essenzialità del dipinto di Leonardo; non ne mutano, sotto quei segni che come tali si 'denunciano', la sua integrità. E' del resto anche il caso di *Fountain*, ove l'intervento artistico di Duchamp, tramite l'apposizione della firma pseudonima R. Mutt, non modifica la sostanzialità dell'orinatoio. Duchamp non mostra quindi l'intenzione di elevarsi 'rovinando' ciò che è elevato, come nemmeno ciò che è infimo, ma piuttosto, come in *L.H.O.O.Q.*, di contrastare quella serietà che rende i prodotti artistici simili a banconote inviolabili. Che li blocca in un aurea valoriale ristagnante e per nulla proficua allo sviluppo dell'arte stessa. Duchamp non vuole burlarsi della *Gioconda* di Leonardo, ma evidenziare la verità che 'investe' questo dipinto, ossia di essere un'icona dell'immobilismo dell'arte, il campione di una bellezza che deve essere sempre d'esempio affinché il valore dell'arte possa essere sempre ed universalmente riconoscibile, e quindi anche scambiabile con altri valori.

Ma Duchamp ha in avversione questo modo d'intendere l'arte. Egli vuole che alla Gioconda possano spuntare i baffi e il pizzetto, perché vuole un'arte che affidandosi alla casuale eccezionalità di una donna barbuta, sia essa stessa un'eccezione alla regola. Un'arte che più che obbedire a delle condizioni precostituite, indaghi le molteplici possibilità che un volto, anche femminile, possiede. Donne 'barbute', anche seppur per gli uomini fortunatamente poche, esistono. Egli non ha posto il viso di una donna al di fuori della possibilità: non lo ha *stravolto* con deformazioni formali, cadute o inasprimenti di colore, e quant'altro di artefatto. Attraverso gli elementi di un repertorio virtuosistico egli avrebbe perciò acconsentito ad essere ammirato per l'abilità dimostrata; ma invece i suoi baffi e pizzetto anche un bambino avrebbe potuto eseguirli. Semmai l'ammirazione che si può nutrire nei suoi confronti, non risulta essere sul piano dell'abilità artistica, ma tutt'al più in riguardo all'impegno nei confronti di un'etica che vuol conquistare un senso 'inumano' e più complessivo del fare artistico. Un'ammirazione che quindi si può benissimo commutare in gratitudine. Quella che si rivolge a chi si spende per la verità delle cose, più che per le intime soddisfazioni; per una verità che, seppur nella singolarità dell'opera, è 'abitabile' da tutti, proprio perché non sottostà all'esclusivo arbitrio di nessuno.

L'atteggiamento indagativo di Duchamp nei confronti delle possibilità offerte dalle cose stesse, è comunque ravvisabile anche nell'affezione che egli dimostra nei riguardi dei giochi di parole. Questi sono da Freud considerati come *motti innocenti*, e acquisiscono la loro caratterizzazione tramite l'orientamento del "nostro atteggiamento psichico verso il suono anziché verso il senso delle parole, nel fare emergere la rappresentazione (acustica) della parola anziché il significato fornito dai nomi con la rappresentazione delle cose."[110] Egli inoltre nota che "alcuni stati morbosi dell'attività mentale"... "spingono effettivamente alla ribalta questo genere di rappresentazione acustica della parola a svantaggio del suo significato". Come anche "nel bambino, avvezzo a maneggiare ancora le *parole come cose*, notiamo l'inclinazione a cercare dietro termini uguali o simili il medesimo senso, il che è fonte di parecchi errori che causano l'ilarità degli adulti."[111] Ed effettivamente ciò che Duchamp realizzerà attraverso i suoi giochi di parole, sarà appunto quello di far venir meno la comprensibilità del significato intenzionale a favore del senso proprio delle parole, nella loro indipendenza dall'essere

---

[110] *Ibid.*, p.143.

[111] *Ibid.*, c.m., p.144.

esclusivamente 'veicoli' contrassegnanti le cose o le idee. Ossia strumenti che *esprimono* ed *imprimono* il pensiero. E questo dare 'dignità' alle parole è quanto fa in modo che quello che queste esprimono non sia più riconducibile solo al motivo per cui, imponendogli attraverso la sintassi ordinativa *un* senso, si è deciso di usarle. Le regole sintattiche, nel gioco di parole, nascono assieme alle parole medesime. Queste ne 'contrattano' la sintassi con l'intenzione. Non sono semplicemente accettate o rifiutate perché possano rientrare o meno nelle finalità dell'intenzione, sia per quanto concerne gli aspetti indicativi dei significati, che per quelli formali, come ad esempio le predisposizioni metriche aprioristicamente definite di certi periodi poetici.

La parola del gioco di parola non viene scomposta in un contenuto e in una forma, in quanto questa scomposizione viene compiuta affinché la parola sia *funzionale* all'intenzione, e quindi possa essere meglio utilizzata all'interno di un ordine compositivo. Che al significato A segua il significato B, e poi quello C. Che il significato A sia espresso con il suono del significando D1, piuttosto che quello di A1, che rende la frase più piacevole... Non è che l'intenzione svanisca completamente all'interno del gioco di parole, come del resto non svaniva il bersaglio nei *Nove spari* del *Grande vetro*. Ma essa si allenta, per dar spazio a ciò che la parola porta con sé. E questo sarà quanto *donerà* ai giochi di parole l'impossibilità che vengano ap-presi in determinati significati conclusivi. 'Aprendo la porta' all'integrità della parola, si 'apre la porta' anche alla casualità che di per sé questa presenta. Una casualità che nutrita dell'imprevedibile, sussiste infondendo al gioco di parole quell'apertura al perenne giungere di nuovi sensi, in modo che nulla possa concludersi nella sola comprensione dei significati intenzionali. Ed è questa impossibilità a ricondurre il gioco di parole ad un significato stabile ed univoco, a far sostenere l'insensatezza di questi. Ma addurre *non senso* al gioco di parole è alquanto inadeguato; dato che questo è quanto permette alle parole stesse di essere, più che com-prese, *sentite*.

Ma probabilmente, come generalmente avviene, si è portati a considerare il senso delle cose come queste vengono percepite più che sentite. Ovvero, a porre queste in rapporto al nostro modo d'intendere. Un modo che se non scorge una concordanza significativa specifica, si affretta a dichiarare ciò che gli si presenta come insensato. Mentre esso tutt'al più è forse solo senso, solo ciò che c'è, e non quanto, come significato, manca. Un significato che è profuso dalla nostra costituzione percettiva; da quell'ambito, potremmo dire, che Kant definisce trascendentale. Ma la ricerca di un senso che lascia in oblio la sensibilità e si rivolge esclusivamente alla concezione trascendentale dei significati, può apparire solo come la ricerca di ciò che si *vuol dire,* e non di quello che si dice. Questa ricerca pertanto si può porre solo all'interno del tentativo di comprendere quello che il soggetto *vuole* esprimere, rifiutando come *non senso* ciò che invece nel suo senso proprio viene detto.

E' abbastanza evidente che la preponderanza che in questo atteggiamento acquisisce il soggetto che vuole, e la relativa attenzione a come questi percepisce il mondo, pone in una sorta d'indifferenza nei confronti di quello che il mondo invece è. Ciò è quanto fa apparire questo atteggiamento simile alle modalità di quell'umorismo che per Hegel dissolve l'arte, facendo in modo che "la soggettività dell'artista" sia " superiore alla sua materia".[112] In effetti i giochi di parole di Duchamp possono apparire anche tediosi se in essi si ricerca cosa lui *voglia* dire. Ma anche cercare di comprendere quale suo sentire li abbia motivati, dato che a ciò non è possibile dare una risposta univoca, come del resto egli stesso asseconda. Si prenda ad esempio questo suo gioco di parole: "problema d'igiene intima: Si deve mettere il midollo della spada nel pelo dell'amata?"[113]

L'argomento che questo gioco di parole solleva, anche se in forma divertente come indubbiamente poco pudica, appare riguardare il concepimento della vita, fatto certamente non

---

[112] G.W.F. Hegel, *op.cit.*, p. 243.

[113] Marcel Duchamp. *Marchand du sel*, Rumma, Salerno 1969, p.124.

trascurabile. Questo può divenire solo un problema d'igiene intima, nel qual caso venga meno la volontà, nell'atto sessuale, di dar corso naturale al concepimento stesso. Ma egli non vuol concludere il senso di quel gioco in un significato. Il nucleo del gioco di parole, quello che Duchamp *concede* alla parola stessa, al suo libero accordarsi secondo le sue regole, ossia "il midollo della spada" (nel testo originario in lingua francese: "la moelle de l'épée"), e il "pelo dell'amata" ("le poil de l'aimée"),[114] rimane invariato. Queste parole sono state avvicinate da Duchamp attraverso il semplice principio per cui un orinatoio assomiglia moltissimo ad una vasca da bagno, e non tanto perché una spada con midollo letteralmente presa, possa servire a qualche cosa. Ma la casualità che viene offerta dal fatto che "le poil de l'aimée" abbia una somiglianza con "la moelle de l'épée", fa in modo che sia possibile il *mai visto,* ciò che difficilmente si poteva immaginare, dato che non poteva ricondursi ad una aspettativa, ad una utilità: una *spada con midollo* appunto.

Questo nucleo, si diceva, rimarrà invariato. Duchamp riformulerà col tempo solo la modalità con cui l'argomento del gioco si pone. Infatti nella pubblicazione del 1922, in *Le Coeur à la barbe,* invece di "Question" (problema d'igiene...), vi è "Conseil" (consiglio d'igiene...). Per poi divenire nella *Anthologie*

---

[114] *ibidem.*

de l'humour noir una sorta di monito: "avete già messo il midollo della spada nel pelo dell'amata?"[115] Duchamp diceva che "l'unica cosa seria che potrei prendere in considerazione è l'erotismo... quello sì che è serio!"[116] Egli pertanto non scherza con le parole che trattano questo argomento, pur sollecitando in chi le ascolta l'ilarità del gioco. Non abbandona con incuranza le parole a se stesse, come neppure da queste accetta di farsi completamente travolgere. Egli solo vi gioca e accetta di giocarvi: ne accetta la casualità, ne accetta il tradimento delle aspettative significanti. Le riformulazioni del gioco di parole considerato, s'inseriscono nella concezione derivante dall'aver accettato di giocare con la 'serietà' di quel gioco.

Così perciò come non è chiaro cosa significhi il 'pelo dell'amata", e a cosa effettivamente si alluda dicendo che il "midollo della spada" sia da mettere in quel "pelo", dato che non si può essere certi che si debba prendere alla lettera la definizione riguardante il "pelo dell'amata", quando per nulla è possibile prendere alla lettera quella che menziona il "midollo della spada"; così non è possibile rispondere univocamente alla seguente domanda: "il midollo", deve essere posto nel "pelo" *letterale* o *metaforico* dell' "amata"? Duchamp lasciando giocare le parole,

---

[115] *ibidem.*

[116] AAVV, *Marcel Duchamp*, Bombiani, Milano 1993, d.e. 8-12-1961.

accetta di giocare con loro. Prima pone la questione, poi consiglia, infine appura se abbiamo "già messo..." Ma dove dovevamo mettere se non ci è stato detto dove? Dove? Che sia il senso di questo interrogativo che le parole giocando con Duchamp, ed egli giocando con loro, ci rimandano? Un dove che implica un cercare un luogo, un scegliere un luogo. E' forse questo ciò che è importante? Non quale dove, ma che un luogo sia da scegliere. Che sia necessario al fare la consapevolezza dell'azione che si compie, più che il suo 'igienico' gusto? Se si avesse a questa domanda una risposta affermativa, allora sarebbe la scelta, non tanto cosa si sceglie, a divenire importante. Ed è "proprio perché scelta", dice Duchamp, come si è visto in precedenza, che una cosa diviene importante. Ma il solo fatto che si sia scelta una cosa, non pregiudicherà per nulla che un'altra, anche se non è stata scelta, possa per questi motivi divenire essenzialmente meno vera. Il valore della scelta non determina la verità essenziale delle cose, come si sarebbe portati a credere se si pensasse che la verità di queste stia nella corrispondenza con il valore che le cose possono avere per noi. La scelta ci approssima alla verità delle cose, non è essa che genera la verità di queste. La sua importanza sta nell'aprire o meno alla visione, non nel produrla o meno. Ciò comporta appunto che la scelta sia un atto che si determina nella consapevolezza del fare, nel suo perché, più che nell'opportunità o meno delle singole azioni. E' questa consapevolezza che la scelta richiede. Essa non è rintracciabile che nel pensare all'esperienza più che al semplice esperirla. Il gioco di parole di Duchamp, frastornandoci, ci induce a emergere dall'enigmatico marasma che esso pone. Ci invita a pensarci, proprio perché fondamentalmente ci chiede di scegliere. E ciò è dato dalla considerazione che la rettitudine non coincide con quello che si fa. Questi non è la cosa migliore solo perché viene fatta. Ma se alla scelta viene riconosciuta la facoltà di mostrare il vero, allora essa porterà anche il peso della possibilità che questi rimanga celato. In questo modo la rettitudine del scegliere non potrà che essere qualcosa da ricercare, e non semplicemente giungere attraverso l'automatica giustificazione di ciò che si fa, semplicemente perché ci soddisfa.

III. 4. Umorismo dialettico

Dopo questo approfondimento riguardante il carattere umoristico della produzione artistica di Duchamp, potrebbe apparire interessante confrontare questo carattere con le concezioni riguardanti l'umorismo di Hegel, dato che con esse potrebbe divenire possibile, seppur nella parzialità, definire alcune linee riguardanti il grado di adesione dell'opera dell'artista, alla connessa questione hegeliana sulla morte dell'arte. Avendo già evidenziato sommariamente come il carattere soggettivistico dell'arte romantica, l'arte dissolve, e come ciò potesse venir ravvisato anche nell'operare artistico di Duchamp, conviene ora considerare come può per Hegel l'umorismo, sulle 'rovine' di ciò che aveva dissolto, portare "l'arte oltre se stessa";[117] ma anche cercare di capire se l'umorismo di Duchamp sia inseribile o meno nel tipo di umorismo che oltrepassa l'arte, o se invece rimanga semplicemente ancorato a quello che la dissolve.

Del resto è lo stesso Duchamp a dire che "l'arte era un sogno divenuto superfluo..."[118] Hegel evidenzia comunque quanto fa sì che l'arte possa oltrepassarsi: "infatti, come nel

---

[117] G.W.F. Hegel, *op.cit.*, p. 249.
[118] AAVV, *op.cit.*, p. 108.

passaggio dal simbolico all'arte classica prendemmo in considerazione le forme di trapasso"... "qui nel romantico abbiamo ad accennare a una forma simile."[119] E più avanti: l' "arte romantica"... "ha assunto una direzione di sviluppo da costringerla, alla fine, a interessarsi soltanto dell'esteriorità o della soggettività casuale", ossia quelle due strade che non hanno secondo Hegel uno sbocco, e che portano l'arte alla sua estinzione. "Se però," egli prosegue, "questo appagarsi dell'esteriorità e della rappresentazione soggettiva si potenzia", se quelle due strade incomunicanti si aprono reciprocamente "in base al principio del romantico, con uno sprofondarsi dell'animo nell'oggetto"... "noi otteniamo da ciò una penetrazione nell'intimo dell'oggetto, un *umorismo* per così dire *oggettivo*."[120] Se quindi l'arbitrarietà soggettivistica romantica riacquistasse interesse per la casualità delle cose, sembra voler dire Hegel, allora anche l'arte romantica non sarebbe condannata nel limbo della sua dissoluzione, ma potrebbe mutare in qualche cosa che abbia nell'*humour oggettivo* un suo possibile 'sintomo', e la cui appartenenza alla nominazione dell'arte, come fino ad allora intesa, dovrà essere seriamente posta in discussione.

---

[119] G.W.F. Hegel, *op.cit.*, p. 251.

[120] *ibid.*, c.m., p. 252.

Ed è in questo atteggiamento, come più volte si è visto nel corso di questo scritto, che è rintracciabile anche l'impegno artistico di Duchamp. In quel continuo essere attento a porre in rapporto sia le esigenze del soggetto nei confronti dell'oggetto, che viceversa questi nei confronti di quello. Egli non rimane nell'abbandono della spirituale necessità di dover esercitare la propria scelta soggettiva, come neppure insensibile nei confronti della casualità delle cose, nel loro essere indipendenti dalla volontà funzionalistica dell'uomo.

Del resto anche lo stesso André Breton individua nel 'sintomatico' humour oggettivo una peculiarità di Duchamp. Egli dice che "il conflitto tra le due forze che, di volta in volta, tendevano a sottrarsi l'arte nell'epoca romantica: quella che portava a fissare l'interesse sugli accidenti del mondo esterno da un lato, e dall'altro quella che portava a fissarlo sui capricci della personalità", può invece condurre, tramite "l'intima compenetrazione di queste due tendenze"... "al trionfo dell'*humour oggettivo*, che ne è la risoluzione dialettica."[121] E continua: "dico che l'humour oggettivo conserva ancora quasi intatto il suo valore comunicativo, e infatti non c'è opera rilevante di questi ultimi anni che non se ne mostri più o meno improntata: ricorderò qui i nomi di Marcel Duchamp, di

---

[121] André Breton, *Manifesti del surrealismo*, Einaudi, Torino 1966, p.197.

Raymond Roussel"... "che arriveranno al punto di voler codificare questo tipo di *humour.*"[122] Ma se lo stesso Breton riconosce a Duchamp la capacità della sua arte di partecipare a quella "risoluzione dialettica" propria dell'humour oggettivo, ciò appare non riguardare principalmente quanto concerne il Movimento surrealista, del quale lo stesso Breton è uno dei massimi ispiratori e maggiori esponenti. Il Surrealismo, in forza delle suggestioni provenienti dagli studi freudiani riguardanti gli inspiegabili, fino ad allora, comportamenti umani, e anche dal fatto che questi siano solo apparentemente accidentali, dato che tutto sommato non sembrano altro che fenomeni sottostanti a precise leggi, seppur inconsce, della psiche; inserisce la sua poetica artistica principalmente in attenzione a ciò che nella dinamica soggettiva appare appunto come casuale. Quella dinamica che come si è visto Hegel nominava come "accidentalità soggettiva", e che Breton identifica invece nella definizione dei "capricci della personalità". Ponendo la sua ricerca in questo ambito, il Surrealismo però rischia di rimanere 'vittima' di quella mancanza di dialettica, che fondamentalmente l'arte romantica portava con sé nella dissoluzione dell'arte. E questo rischio è abbastanza evidente ad esempio nel *Metodo paranoico-critico* di Dalì, ove la legge del soggetto sarà l'unica,

---

[122] *Ibid.*, pp. 197-198.

seppur attraverso un'ossessione, ad aver dominio nei confronti della produzione artistica. Ossessione di cui non si sa comunque fino a che punto veramente incontrollata dal soggetto, dato che essa rimane comunque nell'ambito di una decisione che si avvale di un metodo che è in fondo solo puro arbitrio. Significativo in merito a ciò è un giudizio di Lino Gabellone: "tutta l'avventura daliniana tende a costituire ciò che si potrebbe chiamare una 'scenografia', o una messa in scena generalizzata del *desiderio tramite gli oggetti*."[123] Un desiderio che ha appunto nell'oggetto solo un mezzo espressivo piuttosto che un termine di confronto, il quale fa probabilmente in modo che in buona parte del surrealismo pittorico, ritorni alla ribalta sia il virtuosismo coloristico, come la trasfigurazione illusionistica.

Emblematica a questo proposito è anche una frase dello stesso Breton: "lo spirito dell'uomo che sogna è pienamente pago di ciò che gli accade. L'angoscioso problema della *possibilità* non si pone più."[124] Ciò è in fondo l'angoscia di entrare in rapporto con quanto rimane al di fuori delle nostre ragioni, potremmo anche dire: il mondo delle cose, il mondo fondamentalmente del puro caso; quello che si offre nella possibilità, e che ci richiede nella scelta un impegno che può generare, come dice Breton,

---

[123] Lino Gabellone, *L'Oggetto surrealista*, Einaudi, Torino 1977, c.m., p. 94.
[124] André Breton, *op.cit.*, c.m., p. 19.

l'angoscia di porsi nei confronti di qualche cosa che è incerto, che non abita, come il sogno, nella nostra 'casa' medesima. Il sogno che Breton menziona, grazie agli studi freudiani, non è più un estraneo per l'uomo, come ancora poteva essere per Hegel quando nominava l'odierno inconscio appunto come "accidentalità soggettiva". Una accidentalità che per Breton non è più pensabile, dato che nel parlare della modalità soggettiva di dissoluzione dell'arte, come si è visto, egli farà subentrare alla parola *accidentalità* impiegata da Hegel quella di *capriccio*. E ciò è il chiaro segno che gli accidenti soggettivi non possono più essere considerati come liberi dall'intenzionalità. E seppur ciò che riguarda l'accidentalità non sia formulabile su base razionale, ma bensì su quella istintuale e quindi inconscia, rimane comunque nell'ambito dell'essere un prodotto dell'intenzione, la quale può appunto generare capricci, come anche far sentire attraverso il sogno, l'appagamento e la tranquillità di non essere estraniati, ma forse anche troppo autosufficienti.

A questo riguardo conviene considerare una particolare situazione vissuta e narrata da Man Ray. Egli intervenne come relatore ad una conferenza che aveva come tema il Surrealismo. Pensò, oltre che ad offrire degli elementi di comprensione attraverso un discorso, di approntare come esempio di quanto voleva dire un oggetto artistico che intitolò *La fortune*. Questo oggetto era praticamente una ruota di cartone di quelle che si usano per le lotterie, il quale divenne durante l'incontro la discriminante casuale di un vincitore. Questi sorteggiato tra tutti i partecipanti, a cui debitamente era stato dato un biglietto numerato, non vinse un normale premio, e questo è l'elemento curioso, ma bensì la 'ruota della fortuna' stessa.[125]

Quali considerazioni si possono trarre da questa 'spiegazione del Surrealismo' di Man Ray? Che interpretazione se ne può evidenziare? Di un qualcosa il cui principio e il cui fine rimangono all'interno di un se stesso circolare e concluso? Il cui oggetto d'indagine, il proprio fine, è destinato a concludersi anche in una fine? La fortuna, come si è visto in Aristotele, non è il puro caso, dato che essa non tradisce completamente l'aspettativa. Ad esempio non la può tradire sicuramente attraverso la certezza che la ruota della lotteria emetterà il verdetto di un vincitore. Uno, certo, non tutti. Ma quell'uno è comunque sicuro che vincerà. Il Surrealismo trasformando il puro caso in fortuna, avendo umanizzato l'accidentalità soggettiva hegeliana, ovvero avendola dissolta nella certezza di una intenzionalità inconscia, rimane esso stesso vittima della sua azione. Esso propone una fortuna 'monca' e non in grado di premiare compiutamente, la quale, attribuendo come vincita solo ciò che invece è fatto per indicare il fortunato vincitore, non può

---

[125] Cfr., Man Ray, Oggetti d'affezione, Einaudi, Torino 1970, p.274.

far altro che tradire l'aspettativa di un autentico premio. Viene quindi ad evidenziarsi attraverso la formulazione di questa possibile interpretazione del 'gioco esplicativo' di Man Ray, una concezione del Surrealismo come di qualche cosa che non è in grado di emergere, attraverso un premio che non sia il gioco stesso, dalla propria indagine conoscitiva. O anche, di non riuscire ad accordarsi con qualche cosa che possa permettere di oltrepassare la specularità del soggetto. La sfera della pura indagine di quanto anima la soggettività, a questo punto, può divenire il motivo per cui si perde l'*oggettività* di un 'vero premio'.

III. 5. L'insoluzione dell'oggetto

Ed è infatti l'instaurarsi di un rapporto più attento alla dimensione dell'oggetto, ciò di cui Breton ne lamenta la mancanza e ne auspica la venuta. Egli afferma che "il problema della casualità oggettiva, vale a dire di quella specie di casualità attraverso la quale si manifesta in modo ancora molto misterioso per l'uomo una necessità che gli sfugge, sebbene egli la provi vitalmente come necessità. Questa regione ancora quasi totalmente *inesplorata* della casualità oggettiva è, credo, nel momento attuale, quella che più merita che vi si svolgano le nostre ricerche."[126] Ma forse l'atteggiamento di questa implicita ricerca *esplorativa* che Breton propone, nel suo cercar di togliere qualcosa dal suo proprio stare, è, seppur nelle migliori intenzioni, la meno adatta a rapportarsi con la casualità oggettiva; dato che la sua essenza continua a vivere proprio in quello stare collocata nell'incomprensibilità dell'*inesplorazione*. Porsi quindi nei confronti di questa 'realtà' con l'intento di riportarla ad uno svelamento delle leggi che la governano, alla stregua di un legiferato inconscio psicologico, equivale a dissolverne irrimediabilmente il proprio essere.

Il caso vive nell'incomprensibile! La sua esplorazione non potrebbe che portare ad una vittoria in cui nulla si è conquistato. Perché ciò che farebbe svanire l'incomprensibilità attraverso la comprensione, farebbe svanire anche il caso attraverso una *causa*. L'oggetto casuale vuole forse essere considerato solo per ciò che è. Non vuole essere conquistato, come nemmeno vuole conquistare, se a questo non lo si obbliga con bisogni invasivi ed estranianti. L'oggetto esplorato è in fondo l'oggetto nominato, che deve sottostare a quel *nomos* grammaticale implicito nel suo venir nominato, e che fa in modo che la legge impostagli, sia anche il legame indissolubile e la garanzia medesima di essere divenuto qualcosa *per* noi. Ma esso forse chiede solo che ci si accordi, che ci si fidi della sua indipendenza. Ed è più su questo piano della fiducia che il Surrealismo grazie alla sua esperienza potrebbe invece dire molto. Perché come i surrealisti non hanno avuto timore di quella parte inconscia di loro stessi, continuando a reputarla loro nonostante non sapessero giustificarla razionalmente, forse in fondo anche il caso oggettivo, nella sua incomprensibilità, non ci è completamente estraneo. Un caso che richiede fiducia per la sua incomprensibilità, e che solo su questa base può accettare, rimanendo tale, l'accordo per la realtà dell'esistente. Quell'esistente che appunto attraverso il fiducioso

---

126 André Breton, *op.cit.*, c.m., p. 199.

accordo con il caso, non può quindi che essere unico e irripetibile. Il caso ci chiede la fiducia perché non può chiederci una soluzione. Esso non è un problema, ma più un enigma *da non risolvere;* non quindi solo irrisolvibile. Proprio perché la volontà di risolverlo si accomuna a quella che anche lo vuole dissolvere.

III. 6. Dominazione metafisica

Questa natura d'enigma insolubile che il caso vuole per sé, trova probabilmente anche una corrispondenza nei confronti di ciò che Heidegger definisce "l'enigma dell'arte", per cui "ciò che conta è vederlo",[127] e non risolverlo: dissolvendolo nella comprensione delle nostre, consce o inconsce esigenze. Ciò non sarebbe altro che un'assimilazione. Un aver reso simile a noi ciò che invece non lo è. Un atteggiamento questo le cui radici affondano in una concezione del reale che Heidegger definisce come "metafisica". Essa ambisce alla "dominazione planetaria",[128] ed è ciò che ha dato origine alla "devastazione della Terra".[129]

L'atteggiamento metafisico che Heidegger pertanto individua, si fonda su due concezioni portanti: la volontà di potenza, il semplice istinto di dominio che il filosofo ricava da un'accurata analisi della dottrina nietzschiana, e la tecnica, ossia la modalità di applicare questo dominio attraverso il metodo.[130] Un

---

[127] Martin Heidegger, *Sentieri interrotti*, La Nuova Italia, Firenze 1999, p.62.

[128] Martin Heidegger, *Saggi e discorsi*, Mursia, Milano 1976, p.50.

[129] *Ibid.*, p. 46.

[130] Cfr. *Ibid.*, pp. 51-57.

metodo che come "scienza moderna", afferma Emanuele Severino, "è la forma più potente di dominio perché è la forma più potente di *previsione*."[131] Essa si rivolge nei confronti di "ciò che irrompe nel mondo" e che "è assolutamente, infinitamente *imprevedibile*, inatteso, inaudito, nuovo; e che quindi è la minaccia estrema rivolta alle cose esistenti."[132] Per questi motivi allora ci si accinge ad accogliere quanto ha parvenza di minaccia, e che potrebbe contraddire il nostro bisogno di dominio, attraverso "l'immutabile"; che è appunto "la legge alla quale deve sottostare tutto ciò che sopraggiunge";[133] ciò che ha già tutto previsto e tutto anticipato in sé", ma che purtroppo "impedisce al niente di essere niente, al caso di essere caso, al divenire di essere divenire."[134]

Questa volontà di domino appare quindi più funzionale ad una trasfigurazione dell'esistente, e maggiormente assimilabile all'interno di quelle 'leggi' soggettive che portano a dissolvere l'essenza di qualcosa, invece che ad accoglierne le peculiarità. Ed è questo "dominio dell'uomo, la cui attività si risolve tutta nel valutare se qualcosa sia importante o irrilevante" a far sì che secondo Heidegger, la terra sia "destinata a servire solo". Proprio

---

131 Emanuele Severino, *Legge e caso*, Adelphi, Milano 1979, c.m., p.15.

132 *Ibid.*, c.m., p. 23.

133 *Ibid.*, p. 25.

134 *Ibid.*, p. 26.

perché "la volontà, che si organizza con la tecnica, in ogni direzione," è ciò che "fa violenza alla terra e la trascina nell'esaustione, nell'usura e nella *trasformazione dell'artificiale.* Essa obbliga la terra ad andare *oltre* il cerchio delle *possibilità* che questa ha naturalmente sviluppato, verso ciò che non è più il *suo possibile,* e quindi è l'impossibile." [135]

Un dominio che ha anche nell'impossibilità che cerca, la parvenza di una maledizione, che sembra scaturire da un mancato accordo con le possibilità della terra, e che sostanzialmente condanna l'uomo all'esilio dalla verità. E' appunto nell'esercizio di questo dominio, nel non riconoscere le *possibilità* di ciò che rimane al di fuori dell'asservimento, a far sì che l'uomo viva una sorta d'isolamento solipsistico. Un isolamento che non gli può più permettere di comprendere ciò che le cose sono nel loro essere, nella loro verità essenziale, slegate dalla servitù loro imposta dai principi e dalle leggi umane. Una verità che secondo Heidegger ha appunto il suo destino in rapporto a quanto viene nominato con il termine Terra. Per questo conviene cercare ora di capire cosa sia in effetti questa Terra, e come essa intervenga nella possibilità che l'uomo possa o meno partecipare alla verità delle cose.

---

[135] Martin Heidegger, *Saggi e discorsi,* cit., c.m., p. 64.

III. 7 *La verità della Terra nel Mondo*

Heidegger dice : "ciò su cui e ciò in cui l'uomo fonda il suo abitare. Noi la chiamiamo la Terra."[136] Ossia: ciò che permette che un abitare si fondi; ciò che possiede un'apriorità nei confronti dell'abitare stesso, e che con questo non va confuso, dato che esso non appartiene al Mondo dell'abitare; al Mondo, potremmo dire, delle concezioni valutative del pensiero; quelle che 'fanno' l'abitare medesimo. La Terra è per Heidegger il concetto opposto di Mondo. E' quanto possiede una propria autonomia nei confronti del Mondo, ma è anche ciò che offre come possibilità, l'abitare dell'uomo; per cui un abitare sostanzialmente si possa fondare, e che in questa possibilità l'uomo vi produca la sua propria visione della Terra, ovvero il Mondo. La verità pertanto non potrà prescindere dalla possibilità fondativa che la Terra mantiene nei confronti del Mondo. E il fatto che l'uomo nella sua visione della Terra veda solo il Mondo, dimenticando che questo è possibile solo grazie alla Terra, fa sì che perda la verità fondamentale di questa. Ma allo stesso tempo anche "la Terra, in quanto coprente-custodente, tende ad

---

[136] Martin Heidegger, *Sentieri interrotti,* cit., pp. 27-28.

assorbire in sé il Mondo."[137] Heidegger vede perciò in questo rapporto Terra-Mondo, un contrapporsi d'istanze che tendono a celarsi vicendevolmente. Egli afferma che "il contrapporsi di Mondo e Terra è una lotta." [138] Una lotta che, come si è visto in precedenza, caratterizza anche la concezione del fare artistico di Duchamp, ma che anche lo stesso Heidegger porta, tramite una sorta di risoluzione dialettica che ha come fine "l'unità dell'opera",[139] nel luogo dove avviene la creazione artistica, dato che egli sostiene che "l'esser opera dell'opera consiste nella realizzazione della lotta fra Mondo e Terra".[140] Che l'opera possa comunque essere il risultato di una lotta effettiva è dato dal fatto che essa avviene tramite "l'appartenenza della *cosa* alla *Terra*",[141] ma anche dall'essere inoltre parte del *mezzo*, dato che questi è, nelle parole del filosofo, "per *metà cosa*, perché determinato dalla cosità".[142] Un mezzo che per Heidegger è comunque anche "nel contempo metà opera d'arte, con qualcosa in meno, mancando dell'auto sufficienza dell'opera d'arte."[143] Pertanto per il fatto che il mezzo sia per metà cosa, e l'opera d'arte sia per metà mezzo,

---

[137] *Ibid.*, p.34.

[138] *ibidem.*

[139] *Ibid.*, p35.

[140] *Ibid.*, p34.

[141] *Ibid.*, c.m., p.54.

[142] *Ibid.*, c.m., p.14.

[143] *Ibid.*, p. 15.

possiamo evidenziare che se l'essere dell'opera è una lotta tra Terra e Mondo, la sua realtà concreta avviene nell'opera d'arte, come frutto di una lotta tra cosa e mezzo. L'opera d'arte, mantenendo in sé sia la cosità che la strumentalità, opera quel congiungimento che quindi oltrepassa sia la mera cosa come il mero mezzo. O anche, oltrepassa un'idea di mondo che privo della Terra non è che un mezzo per vivere, e che invece nel superamento della sua mera strumentalità, diviene un Mondo che sulla Terra rimane fondato, e che di questa non ha perso la sua possibilità di senso. Perdita che porterebbe invece, come conseguenza, anche allo smarrimento del fondamento del vivere stesso. Una lotta quindi che non deve dissolvere i suoi contendenti, sembra voglia prefigurare Heidegger, ma che deve anche portare al loro superamento. In questo senso egli individua un luogo ove l'atteggiamento di dominio della Terra, ciò che *metafisicamente* la devasta, può trovare una prassi di rigenerazione. E questo si trova nell'eticità del fare artistico: affinché Terra e Mondo possano rientrare in un Mondo che non abbia perso né la cosità della Terra, come né la strumentalità del Mondo. Un Mondo appunto che possa assomigliare ad un'opera d'arte, proprio perché attraverso il singolo fare artistico esso può divenire anche vero.

Ma vediamo a questo proposito cosa comporti per Heidegger questo fare medesimo. Innanzi tutto, la cosa come "materia che possiede una forma", non è formata dall'uomo, ma "consegue da una disposizione" autonoma "della materia", mentre sia nel mezzo come nell'opera d'arte, la forma che la materia possiede è data dall' "esser frutto di un'attività umana."[144] Quanto detto denota che la lotta che porterà all'unità dell'opera d'arte, non potrà prescindere dalle caratteristiche di cosa e mezzo, ossia dovrà essere combattuta nell'ordine di queste, nell'ordine quindi della loro forma. Pertanto gli elementi in lotta saranno per una *forma* data *dalla materia*, nella sua autonomia dall'uomo, e da una *forma* data dall'*uomo*, nella sua autonomia dalla materia. E sarà appunto nel rapporto tra le ragioni sconosciute della materia e le ragioni intenzionali dell'uomo, che avverrà quella lotta che istituendo l'opera d'arte istituisce anche la verità.

Una verità che sarà soggetta a se la lotta tra Mondo e Terra, per la 'conquista' della forma, sarà stata in grado di porsi sul piano di rimanere lotta, più che in quello della sopraffazione; e a come cosa e mezzo saranno stati in grado sia di mostrarsi: per essere nella lotta, come di celarsi: per non vincere. "Poiché", dice Heidegger, "la verità è il contrapporsi reciproco di illuminazione e nascondimento".[145] Quel nascondimento che la Terra pone in atto per proteggere le sue 'leggi' casuali, e quell'illuminazione che

---

[144] *Ibid.*, p. 14.

[145] *Ibid.*, p. 46.

la volontà dell'uomo pone sulla Terra per potervi fondare il proprio abitare. Essi si riecheggiano nell'opera d'arte, come quanto la fa essere vera. Una verità che radica il suo esistere nel fatto che la materia non sia trasformata in una risorsa, celandone per sempre le sue possibilità d'essere. Proprio perché se lo scultore *usa* la pietra come un muratore, allora "l'opera fallisce."[146] La verità che questa può esporre, svanisce con il fallimento dell'opera stessa. Infatti quanto differenzia il rapporto con la pietra da parte di un muratore e di uno scultore, è che il primo *usa* questa per un fine, riconoscendo alla pietra solo la facoltà di *servire* ad uno scopo, mentre lo scultore *impiega* la pietra nel divenire un'opera d'arte. Un *im-piego* che quindi rimanda alla concezione della lotta per la forma, e che se dovesse divenire *uso*, allora la sottomissione della materia alla servitù della volontà umana, avrà occultato per sempre quell'illuminante nascondimento in cui la lotta, invece, fonda la verità dell'opera d'arte.

La questione che in questi ultimi passi si pone in evidenza risulta perciò essere piuttosto simile a quanto lo stesso Hegel sollevava attraverso il suo dilemma sulla fine dell'arte. Ciò che conduceva l'arte alla sua dissoluzione, era schematicamente la prevaricazione del soggettivo sull'oggettivo e viceversa.

---

146 *Ibid.*, p. 33.

Similmente in Heidegger l'esigenza di asservimento delle cose fa svanire la verità che l'opera d'arte porta con sé, conducendo quindi l'arte a 'morire' nella sua falsità. Ma dato che, come si è visto, anche la Terra "tende ad assorbire in sé il mondo"; ossia, anche la materia tende ad occultare la forma che le vien data dall'uomo, ciò comporta che perché sussista la 'vitale' verità di un opera d'arte, né la materia, come Terra, deve dissolvere l'intenzionalità umana, e né quest'ultima deve dissolvere come Mondo, nel suo uso, la materia.

Un equilibrio che comunque non può essere statico e pacifico, essendo appunto come si diceva una lotta, ma che non deve dissolvere nemmeno gli elementi che ne fanno parte. Questo mantenimento degli opposti era del resto quanto interessava anche lo stesso *humour oggettivo* prefigurato da Hegel. Questi riguardava in effetti la possibilità che l'arte continuasse ad esprimere la sua verità sostanziale anche nell'eventuale morte del suo nome. In quella sorta d'incontro tra l'umore, uno dei moti più intimi dell'uomo, e l'oggetto, Hegel concepiva il trapasso evolutivo dell'arte, la continuazione della sua autentica essenza. E' quindi il problema della *sopraffazione* ad apparire una delle questioni più ardue e di difficile soluzione. Non risolvibile certamente con delle semplici buone intenzioni, come a prima vista potrebbe apparire.

Heidegger è consapevole di questa situazione, quando afferma che la questione sulla "verità dell'ente"[147] è l'intimo nodo problematico della seguente affermazione hegeliana: "l'arte è per noi qualcosa di passato..."[148] Un ente che nella sua cosità il pensiero intenzionale si trova ad affrontare. Ma seppur, continua il filosofo, "nulla sembra più facile che lasciare che l'ente sia l'ente che è"... "siamo invece di fronte al più difficile dei compiti, visto che l'assunto di lasciare l'ente come esso è, costituisce proprio l'opposto di quella indifferenza che volge le spalle all'ente."[149]

Nell'ordine di queste considerazioni possono pertanto venirci anche delle indicazioni riguardanti quella *casualità oggettiva* di cui lo stesso Breton auspica l'esplorazione. Una casualità che per lo scrittore è un vero e proprio muro con "erte muraglie", e che respinge, a suo dire, anche lo stesso "*humour* oggettivo".[150] Egli forse però non ravvisa che questo *humour* è divenuto *oggettivo* proprio per il fatto che con l'oggettività della cosa si è coniugato. E che quindi non ha nessuna necessità di abbattere erte muraglie, essendo, per modo di dire, già entrato dalla porta. Heidegger sostiene che " la determinazione della cosità della cosa, come

---

[147] *Ibid.*, p. 64.

[148] *Ibid.*, p. 63.

[149] *Ibid.*, p. 17.

[150] André Breton, *op.cit.*, p. 199.

sostanza degli accidenti"... "abbia fatto da norma anche al comportamento verso la cosa".[151] Abbia, ponendo le cose in una accidentalità insensata, fatto sì che la cosa non avesse ragioni e senso proprio, e che quindi non gli rimanesse nessuna diversa possibilità che quella di venir assoggettata alle leggi della sensatezza altrui. Ma questo aver portato la cosa nell'accidentalità insensata ne ha minato anche la sua autonomia. Per questi motivi Heidegger sospetta "che, già da tempo si sia usata violenza al carattere di cosa della cosa e che il pensiero ne sia responsabile".[152]

Un pensiero che abituato ad assoggettare, 'abbattendo muri', si stupisce quando un muro non vuol essere abbattuto? Heidegger pertanto pone questa domanda: "come è possibile evitare questa sopraffazione?" E verrebbe d'aggiungere: come è possibile fare in modo che la cosa non subisca, attraverso la considerazione di essere un accidente, il pregiudizio d'insensatezza, dato che questi non è forse altro che la manifestazione del suo libero senso? Il filosofo offre comunque anche degli elementi di possibile risposta a ciò, dicendo che: "solo a patto che noi, in certo modo, garantiamo alla cosa un campo libero in cui essa possa manifestare immediatamente il

---

[151] Martin Heidegger, *Sentieri interrotti*, cit., p. 9.
[152] *Ibid.*, p. 10.

suo carattere di cosa", possiamo forse evitarne la sopraffazione. Ovvero "rimuovere i preconcetti propri delle maniere abituali di considerare la cosa, per lasciare che la cosa riposi nel suo esser-cosa."[153]

Ma se ciò appare una premessa indispensabile per far sì che le cose possano essere considerare in modo non abituale, rimane il problema che la verità necessita di una lotta. E siccome le cose per se stesse non possano dire ciò che è vero, queste non devono rimanere estranee al pensiero stesso. Ma anzi, a questo si debbono rapportare, come allo stesso tempo il pensiero le cose im-pieghi. Pertanto secondo Heidegger "ciò che dobbiamo fare è rivolgerci all'ente, pensarlo nel suo essere, ma in modo tale da lasciarlo riposare da se stesso nella sua essenza."[154] Un ente che nel venir posto in relazione all'essere del pensiero non rimanga quindi una cosa insensata, ma ne acquisisca l'essenza ontologica. Un'essenza questa derivante appunto da un rapporto di riconoscimento della cosa per se stessa, senza sopraffarla, innanzi tutto; come anche in secondo luogo proveniente da quell'averla posta tramite l'essere, nell'ente; nel suo non essere quindi un insensato. E in questo modo anche il pensiero, coniugandosi con la cosa, vedrà acquisire in sé il senso della concretezza del reale.

---

[153] *Ibid.*, p. 17.
[154] *Ibidem.*

Esso non sarà più perciò costretto a vagare nella sterile assolutezza solipsistica.

Questo rapporto tra cosa e pensiero sarà pertanto ciò che permetterà alle cose di entrare per mezzo dell'essere, nell'opera, come anche, nello stesso tempo, nel senso della storia. Ciò sarà dovuto al fatto, dice Heidegger, che "possiamo caratterizzare il fare artistico come un lasciar-venir-fuori qualcosa come prodotto." Cosa che è appunto "una maniera del divenire e dello storicizzarsi della verità."[155] Un lasciare la cosa, prendendola come prodotto all'interno di quella 'grande opera' che è la storia, sembrerebbe quindi indicare il filosofo. Quell'opera che la storia mostra quando non si costituisce solo di fatti umani, e che per Heidegger coincide con la storia della verità. "Una maniera"... "della verità" che confrontandosi con la storicità del tempo ne sarà anche il suo divenire attualizzante; la cui visione avrà luogo in quella "lotta originaria" in cui ciò che "è conquistato" è "l'Aperto del campo di lotta." Un Aperto che "sta dentro ogni cosa" e che per Heidegger quindi "emerge, ritirandovisi".[156]

L'ambiguità di questa ultima citazione ci pone dinanzi al fatto che la conquista dell'Aperto non è in un unico senso. Essa non è un'ovvietà! In forza del fatto che l'Aperto non è qualche

---

[155] *Ibid.*, p. 45.

[156] *Ibidem.*

cosa di universalmente generalizzabile. Esso non è qualche cosa, come tutti possono appurare, ma bensì un modo d'essere, e come tale può anche ritirarsi nel non essere. L'Aperto non coincide con il consueto. Perché come è possibile vivere nella falsità, così si può benissimo vivere anche senza l'Aperto. Come del resto si può continuare a vivere bene anche usando la cosa-pietra come dei muratori, più che come degli scultori. L'unica differenza è quindi solo quella essenziale, più che sostanziale, di voler vivere nella verità, più che nella falsità.

L'Aperto non corrisponde quindi alla dogmatica ed 'indispensabile' verità assoluta. Come neppure a quella soggettiva e arbitraria, che l'assolutezza della verità considera impossibile. Il carattere inconsueto che l'Aperto detiene pone invece in stretto rapporto la sua essenza con l'eventualità del suo mostrarsi, perché come si può prescindere dalla verità, anche della sua essenza se ne può fare a meno. Questa ha quindi la facoltà di 'balenare', e di giungere *eventualmente*. L'Aperto nel suo senso di apertura non sarà quindi semplicemente né una cosa, sia anche universale, né un volere, sia pure relativo, ma tutt'al più la visione fugace di entrambi, all'interno della loro lotta per la verità. Così pertanto la verità che l'Aperto saprà mostrare attraverso lo spazio che apre, sarà la verità di quella lotta. Essa sarà comunque visibile solo se l'essenza del rapporto tra singolare e generale sarà *posto in opera*, in quel venir all'essere che è, appunto, anche il divenire della storia.

IV. Ciò che l'arte mostra nella sua dimensione aleatoria

IV.1. Lo slargo sul Mondo

Muovendo ora dalla concezione heideggeriana per cui l'arte sarebbe appunto da intendere come "la messa in opera della verità",[157] converrebbe ora cercare all'interno delle opere d'arte stesse, i riscontri di quanto il filosofo afferma. Per far ciò bisogna però prima capire come la verità operi all'interno dell'arte. E' quindi prioritario considerare cosa rappresenti quel concetto di *Aperto* verso cui Heidegger imposta le argomentazioni riguardanti lo "storicizzarsi della verità"[158].

Un primo punto da esaminare è in questa sua affermazione: "aprendosi un mondo, emerge la Terra".[159] Ciò comporta che l'Aperto viene ad individuarsi come apertura di

---

[157] Martin Heidegger, *Sentieri interrotti*, La Nuova Italia, Firenze 1999, p.61.

[158] Cfr., *ibid.*, p.46.

[159] *Ibid.*, p. 47.

"un mondo"; in modo tale che codesto dia spazio alla Terra. La Terra, emergendo *dopo*, si presenterà, sempre inteso che "un mondo" si apra, ai *margini* del Mondo. Come qualche cosa la cui apparenza è *secondaria* al Mondo stesso. Questo emergere che avviene sulla linea marginale di ciò che si apre, Heidegger lo nomina anche nel suo "aprire-illuminare" come possibilità dello "'slargo' (die Lichtung)".[160] Ciò invita a pensare che questa apertura non è una *fenditura costitutiva* di ciò che si apre, ma bensì l'esito di un evento: quello che *lascia* spazio a qualcos'altro. Lo slargo è una condizione 'innaturale'. "L'evento dello 'slargo' dice Heidegger "è il mondo".[161] Proprio perché è in esso che lo slargo può avvenire. Questo è quindi *da fare*. Mancando di naturalità e non offrendosi già pronto, l'Aperto richiede su di sé l'attenzione attuativa dell'allargamento. Ciò che invece è consueto è il Mondo, che cela con le sue necessità la Terra. Questo perché secondo il filosofo "i mortali sono ininterrottamente rivolti verso"... "ogni presente nella sua presenza. In questo, però, essi si rivolgono via dallo 'slargo', e si rivolgono soltanto alle cose presenti". E appena più avanti: "essi ritengono che questo *commercio* con ciò che è presente procuri loro di per se stesso una familiarità

---

[160] Cfr., Martin Heidegger, *Saggi e discorsi*, Mursia, Milano 1976, p.176.
[161] *Ibid.*, p. 189.

(Vertrautheit) adeguata alle cose. E invece ciò che è presente rimane loro nascosto." [162]

Ma come è possibile che i mortali essendo costantemente rivolti al presente non lo vedano, dato che gli si nasconde? Perché continuano a rivolgersi verso un soggetto invisibile? La questione non è poi così assurda se si contempla l'esistenza di più presenze nel presente. Certamente due, come abbiamo visto con Heidegger. Terra e Mondo convivono nel medesimo istante, ma come anche si è visto, queste tendono a celarsi vicendevolmente. In riguardo a questo argomento il filosofo ha in attenzione il fatto che i mortali avendo a cuore il *commercio*, ossia l'utilizzo delle cose, siano concentrati esclusivamente sul Mondo, dimenticando di 'slargare' la loro vista sul presente della Terra, sulla possibilità che la Terra entri in rapporto con il Mondo: premessa indispensabile a quella lotta che fa lo storicizzarsi della verità.

---

[162] *Ibid.*, c.m., p. 192.

IV.2. Presenze non necessarie

Quanto qui esposto può ravvisarsi all'interno delle esecuzioni artistiche attraverso due criteri accoppiabili tra di loro come appunto il Mondo e la Terra. Questi sono le *ragioni dell'intenzione* umana, con la sua ascendenza nel concetto di Mondo, e le *ragioni delle cose* o della materia, con ascendenza invece nel concetto di Terra. Le prime ragioni emergono generalmente in ciò che in un'opera d'arte costituisce il soggetto dell'opera. Esso è ad esempio l'immagine della Madonna assieme a quella del Bambino, nella rappresentazione di un evento religioso come può essere la maternità di Maria. E' infatti il soggetto di un'opera ciò che la motiva, che anima l'intenzione di produrla. Questo non può in nessun caso essere omesso. Sarebbe impensabile concepire un'Annunciazione come quella di Lorenzo Lotto a Recanati ove non vi fosse né l'immagine della timorosa Maria, come nemmeno quella dell'Angelo annunziante, ma solo l'effigie dello stizzito gattino, che in basso al centro del quadro, guardando l'Angelo, spicca un breve saltello, come per scansarne di quello la sopraggiunta ed inaspettata presenza. Un'Annunciazione così non potrebbe essere tale. Mentre viceversa se Lotto avesse omesso il gattino, *l'economia* del dipinto non avrebbe subito particolari conseguenze. L'Annunciazione sarebbe rimasta tale. Nessuno avrebbe probabilmente protestato, neppure la committenza, che invece nel caso opposto, commissionando un'Annunciazione e trovandosi l'immagine di un gattino, avrebbe con ogni probabilità manifestato il proprio dissenso.

Ma se le ragioni dell'uomo come ciò che motiva la presenza del soggetto rimangono l'unica *presenza* nel quadro, le motivazioni del Mondo celano quelle della Terra. Il gattino che appare nel dipinto citato, è una presenza 'invisibile' nell'economia dell'Annunciazione, dato che non è indispensabile. Ma comunque esso, come *apertura* alle ragioni delle cose, contestualizza icasticamente l'evento che lì viene narrato, infondendogli il senso della verità. Il gattino come contingenza casuale è quanto permette all'evento spirituale dell'Angelo annunziante di non essere solo una veggenza spirituale di Maria. Il venir percepito anche dalla sensibilità concreta del gattino, fa in modo che l'Angelo non sia solo un'immagine, ma una presenza che esiste davvero in quella stanza. Il fatto che le ragioni delle cose appaiono come secondarie, come *marginali* a quelle dell'intenzione umana, è quindi un fatto che non va trattato alla stessa stregua, se si vuol considerare come un'opera aderisca al senso del vero. Perché è proprio nel *margine* che qualcosa si dispone a divenire qualcos'altro, come del resto è sempre in questi che si rende possibile che qualche cosa *finisca*, dato che è proprio nel 'confine' che s'istituisce *la verità* essenziale di un 'contenuto'. Heidegger non pare sottovalutare le implicazioni di questo argomento quando sostiene che "con il rinvio all'istituirsi dell'apertura nell'aperto, il pensiero rasenta un campo che qui non può ancora essere preso in esame. Il saggio sull'*Origine dell'opera d'arte*" continua il filosofo "si muove consapevolmente, e tuttavia inespressamente, nella direzione del problema dell'essenza dell'essere."[163]

Sarà quindi attraverso la definizione di ciò che sta *al margine* del soggetto, ciò su cui dapprima l'arte imposterà il problema della verità del *suo* essere. Mentre in un secondo tempo, sempre per i medesimi motivi, essa presterà attenzione a ciò che invece è *il margine* superficiale della rappresentazione stessa. Ed è appunto in questo campo che verrà a formarsi nell'arte un'*apertura aleatoria*,[164] la quale permetterà che qualche cosa possa o non possa esserci. Ove ciò che caratterizzerà questo spazio sarà la

---

[163] Martin Heidegger, *Sentieri interrotti*, cit., p.68.

[164] Un'apertura che è propriamente uno "slargo" dello spessore marginale, dato che appare come il frutto di una scelta consapevole fatta per *aprire* la visibilità a quanto non appartiene strettamente all'idea da rappresentare. Lo slargo del margine equivale quindi al suo ampliamento, dato che quello non sarà più definito sulla univocità intenzionale di una linea, ma più come fosse una fascia nella cui estensione, e comunque solo in quella e con scansioni spaziali ben precise, come fossero le determinate posizioni che un dado può assumere, potrà aver luogo il gioco aleatorio dell'imprevedibile. Un gioco di tal specie proprio perché definito nelle limitate possibilità che lì potranno realizzarsi, e indefinito nei suoi esiti conclusivi.

mancanza di necessità, cioè, anche il 'margine' di libertà dell'artista stesso.

E' in questa concezione di marginalità aleatoria che conviene ora affrontare alcuni tratti storico artistici, per cercare d'individuare le modalità in cui questo concetto è stato effettivamente trattato. Fatto ciò, vedremo di considerare come una delle opere principali di Duchamp, ossia il *Grande vetro,* si sia inserita in questo processo: proprio perché molte sono le 'alee' che essa ci fa intravedere.

IV.3. Al margine

Una prima opera esemplare che mostra una particolare attenzione *al margine* del soggetto, è il *Presepe di Greccio* di Giotto, ad Assisi. In quest'affresco il soggetto dell'opera, ovvero i vari personaggi che partecipano all' 'iconografia necessaria'[165] del presepe sono collocati nella zona presbiterale di una chiesa. Nel margine superiore del dipinto, come coronamento della raffigurazione di un muro che delimita il presbiterio dalla invisibile ed ipotetica navata, si nota, invece, oltre all'ingresso di un pulpito, il retro ligneo di una croce dipinta con il relativo impianto di sostegno. Il fatto che una croce dipinta sia mostrata in ciò che non è fatto per essere visto, dimostra immediatamente la sensibilità di Giotto nei confronti di ciò che è la costituzione delle cose. Dimostra una particolare attenzione a ciò che come fondamento materiale permette il dipinto stesso, e ne è il suo

---

[165] In effetti ciò che è necessario ad una raffigurazione è quanto essendo frutto di un'intenzione è ancorato all'idea della quale si vuol dare visione. Questa prende perciò le sembianze del soggetto, il quale essendo legato all'idea tende a rimanere l'elemento immutabile della rappresentazione, ed è anche ciò che quando viene ripetuto lo fa riconoscere come appartenente ad un genere. Gli elementi variabili appartengono invece ad esempio alla dimensione contingente di un dipinto: ove e con quali figurazioni specifiche si vorrà rendere un'Annunciazione, una Natività... Questi elementi saranno perciò imprevedibili, proprio perché non 'fissati' aprioristicamente nell'idea di un soggetto o di canone rappresentativo, e saranno anche perciò quegli elementi che offriranno al dipinto il carattere dell'unicità.

presupposto ineludibile. Inoltre per l'iconografia del presepe la croce non era comunque richiesta, poteva anche non esserci. La scelta di Giotto in merito a ciò, s'inserisce quindi in quella marginalità aleatoria che investe la libertà espressiva dell'artista. Attraverso questa scelta, non indispensabile, egli ha comunque aperto uno spiraglio sul verso del presepe: quello che è anche il *retro* invisibile della *nascita*: la sofferenza *mortale* della croce. Questa è resa palese già da subito: in quel momento della nascita, che è anche la festa inaugurale della vita. Ed è proprio in questo momento, e attraverso l'evidenza della croce, che Giotto ha potuto presentare il margine finale della vita, la prefigurazione della sua essenza; ciò che essa sarà: una lotta per non morire: una lotta per la vita appunto.

La croce presentata nella sua dimensione materica e strutturale, non racconta più quindi solo il fatto storico ed ideale della morte di Cristo, ma bensì il legame che il mondo del nascere, nella sua prospettiva d'idealità eterna, mantiene con quello idealmente invisibile della temporalità terrena. Ed è proprio questi che in fondo rende possibile il nascere stesso. Giotto quindi mostra unito all'avvenimento della nascita di Gesù Cristo, la verità del nascere. In ciò l'idealità infinita della nascita si è coniugata con il limite finito e materiale della croce, offrendo a tutta la rappresentazione un senso più profondo di quanto la semplice *iconografia necessaria* del presepe avrebbe potuto mostrare.

Il carattere che qui viene definito come 'margine aleatorio', si può rintracciare anche in un altro affresco, sempre ad Assisi e sempre nella Basilica di San Francesco, ma questa volta nella parte inferiore di questa, e ad opera di Pietro Lorenzetti; si tratta dell'*Ultima cena*. A somiglianza con l'affresco giottesco, anche qui la figurazione aleatoria è a margine di quella che rappresenta il soggetto del dipinto. Se nel *Presepe* essa occupava la parte superiore della quadratura dell'affresco, qui ne occupa la parte sinistra rispetto a chi guarda. In questa zona del dipinto Pietro Lorenzetti ha realizzato un brano di quotidianità che contrasta spiccatamente con l'eccezionalità dell'Ultima cena. Questa si estende attraverso i suoi personaggi canonici per circa i tre quarti del dipinto. Anche in questo caso quindi due realtà appaiono nel medesimo istante. Alla destra il soggetto principale che motiva il dipinto, e che occupa la maggior parte dell'affresco, sulla sinistra il luogo della libertà dell'artista, ove Pietro ricava un angusto e veramente marginale cucinino, in cui si consuma il '*retro*' dell'Ultima cena: la pulizia dei piatti, un cagnolino che si ciba di alcuni avanzi... Inoltre anche qui un muro divide la visibilità interna del dipinto. Se nel *Presepe* questi divideva il presbiterio dalla ipotetica navata, che unito ad una porta d'ingresso ove si affacciano alcune donne, sia il retro della croce che l'ingresso del pulpito fanno supporre, ora il muro mostrato in sezione è quanto divide il cucinino dalla sala da pranzo: chi è in un luogo quindi non può vedere chi è nell'altro.

Nel *Presepe* la quotidianità trovava la sua dimensione nello spazio che nella chiesa è riservato al popolo, ossia la navata che Giotto c'induce ad immaginare. Qui invece in quel cucinino attiguo al sacro luogo in cui sono radunati Gesù e suoi Apostoli. Ma se nel *Presepe* è il dietro della croce e del pulpito a 'mostrare' la navata, come le donne che si affacciano sulla porta del presbiterio a portare la visone del popolo sul luogo sacro del Presepe, ora, nell'*Ultima cena*, sono gli inservienti stessi che mediano la visibilità tra le due stanze attigue. Infatti nel cucinino un servitore sembra raccontare ad un altro ciò che sta avvenendo nella sala da pranzo, mentre in questa, oltre ai personaggi aureolati, ad eccezione di Giuda seduto al tavolo dei commensali, appaiono due altre persone senza nimbo, identificabili come servitori, i quali, con l'atteggiamento intento a raccontare fatti che li riguardano personalmente, sembrano immettere l'accidentalità del vivere quotidiano nello spazio del sacro avvenimento spirituale.

In questo modo Pietro fa sì che l'Ultima cena rimanga nell'ambito di essere una cena in cui il suo cibo non è solo il simbolico ed ideale corpo di Cristo, ma anche quello quotidiano di tutti i giorni. Questo, grazie all'umiltà dei servitori, giunge sul tavolo della Cena, entrando quindi a far parte, ma in un certo senso anche a permettere, l'idealità di quell'evento. Così viceversa anche il sacro con la sua carica spirituale non rimane isolato, ma può fluire come elemento di narrazione mitica nella vita ordinaria, in modo tale che il quotidiano possa acquisire un senso non concluso nella sua consuetudine. Pietro attraverso la visione di un rapporto 'dialettico' dell'Ultima cena, è riuscito a conferirle la dimensione dell'evento, di qualcosa che oltrepassa la sua immagine. Ha fatto in modo che lì si racconti ciò che non è più solo la storia di un avvenimento, ma, attingendo dalla contingenza effettiva delle cose, anche il senso più fondamentale di quello.

IV.4. Il margine

Ma se con Giotto e Pietro Lorenzetti, come anche con lo stesso Lotto la dimensione aleatoria rimane *al margine* del soggetto, ossia s'individua in alcuni elementi figurativi della rappresentazione, questa con il tempo verrà a coinvolgere anche *il margine* stesso. Ciò avrà luogo quando si ridefinirà il criterio stesso di considerare le raffigurazioni. Di questo mutamento ne è campione l'opera di due autori del Cinquecento italiano: Tiziano e Michelangelo; quest'ultimo principalmente per la sua produzione scultorea. In entrambi si deve però considerare il loro lavoro artistico in età per lo più avanzata. Quindi verso quella fase della vita in cui le abilità umane tendono ad affievolirsi, e il corrispondere agli stabili ideali della bellezza canonica, subisce maggiori 'interferenze' che non in età cosiddetta virile. Ciò riguarda Tiziano in opere come *Marsia scorticato* di Kromeriz, o anche l'*Incoronazione di spine* presso Monaco; entrambi quadri del 1570, quando Tiziano ha all'incirca ottant'anni. Ma che opere di questo genere siano meno definite nella loro resa formale, come invece è tipico ad esempio di un'opera che ben si offre a questo tipo di confronto, ovvero l'*Incoronazione di spine* di Parigi del 1542-44, che del resto possiede anche la medesima impostazione figurativa di quella del 1970 di Monaco, non è da considerare certamente come un fattore riduttivo. Questa indefinizione non proviene direttamente dalla minor abilità dell'artista, ma è probabilmente l'esito di un nuovo modo di sentire favorito anche dall'inabilità. Questa gli ha permesso di acquisire appunto una sensibilità pittorica maggiormente disponibile nei confronti delle ragioni della materia impiegata. Il colore dapprima veniva solo *usato*, svanendo nell'immagine rappresentata, mentre ora egli lo mostra assieme a quella. Il venir meno attraverso la senilità del volere intenzionale, ha fatto sì che Tiziano potesse maggiormente commistionare le ragioni della materia con quelle che invece motivano la presenza dei soggetti. A questo punto quindi i margini delle sue figure si sono ampliati, le superfici hanno acquisito un'intelaiatura musiva, come fossero delle quantiche nubi elettroniche, il cui sapere dove le varie tinte di colore andranno a porsi, non sarà più determinato esclusivamente dalla linearità progettuale, ma anche dalla sostanza della materia pittorica stessa. Il cui sapere dove essa andrà a collocarsi, sarà offerto più da un calcolo di tipo probabilistico, che non da uno certo. Come avviene appunto nelle orbitali per gli elettroni di un atomo. Il risultato percettivo è che le immagini di Tiziano non stanno più fisse sulla tela, ma iniziano a vibrare. Gli arti dei vari personaggi di conseguenza acquisiranno una muscolatura che freme, e non mostreranno più solo il loro vigoroso rigonfiamento da posa istantanea. La bellezza formale avrà quindi, in questa fase dell'opera del pittore, allentato la sua totalità nei confronti di quanto è più propriamente definibile con la parola *scabroso*.

Questa esprime in modo abbastanza eloquente anche l'irregolarità superficiale e l'accentuata ruvidezza tipica delle tarde pietà di Michelangelo, come ad esempio la *Rondanini*, probabilmente anche l'ultima opera in assoluto del maestro. In essa il *non finito*, che aveva costellato una cospicua produzione scultorea di Michelangelo, trova un approfondimento anche nella stessa impostazione formale dell'opera. Come se la rugosità di questo abbia qui investito, non solo le superfici, ma anche la consistenza dei personaggi stessi. Una scabrosità di questo genere è del resto ravvisabile anche nella tarda attività scultorea di Donatello. Si veda ad esempio *La Maddalena* lignea del Battistero di Firenze. Ma si deve tenere conto, tornando al *non finito* di Michelangelo, che comunque egli ha scelto di concludere le opere non finite. Ciò, data anche la prolissità della sua produzione di questo genere, avvalora l'ipotesi che comunque l'istante in cui egli ne interrompe l'esecuzione, è anche quello in cui le sue opere mostrano qualche cosa che è da vedere. In effetti in quell'attimo appare in tutto il suo splendore quella lotta del soggetto raffigurato con la materialità che lo compone. L'opera appare quindi come una sorta di mappa della lotta avvenuta tra l'artista e la materia. Le parti meno finite e quelle maggiormente, mostrano il campo di battaglia ove più o meno l'intenzione o la materia hanno vinto. Imprescindibili da questo argomento sono le caratteristiche ravvisabili nei due *Prigioni*: lo *Schiavo che si ridesta* e lo *Schiavo Atlante*, alla Galleria dell'Accademia di Firenze. In queste sculture è ben evidente lo sforzo del soggetto nell'emergere dalla pietra, avvalorandone la condizione effettiva di 'prigionia' nei confronti della materia stessa.

Se quanto rivestiva le superfici dei suoi quadri era nel tardo Tiziano l'aleatorietà della pennellata, in Michelangelo è, per le sue sculture principalmente realizzate in età avanzata, l'abbozzare dello scalpello che rende rugosa, e non dissolve completamente, la forma che la pietra ha di per sé. Solo la intacca, insinuandosi come *non finito* a ricoprire parti o figurazioni intere. Ma quanto è stato guadagnato da entrambi è molto simile, dato che essi hanno lasciato spazio, attraverso una più pacata e meno dominante 'dittatura' dell'intenzione, alla materialità di cui le opere si compongono. Questa era presente certamente anche nelle più belle opere della gioventù, ma in modo *invisibile*.

Aver dato evidenza alla materia ha invece permesso che opere di questo genere mostrassero dei soggetti non più inerti, ma intenti a compiere gli atti per cui erano stati scelti. I visi non esibiscono più il candore della pelle, ma bensì offrono l'espressione delle creature viventi. Il vibrare dei corpi viene quindi ad infondersi da quanto promuove l'agitarsi: la materialità che li costituisce. Si potrebbe anche dire: l'anima effettiva di questi corpi. Ciò che l'indefinizione ha lasciato sostanzialmente emergere.

I soggetti perdendo la loro bellezza hanno fondamentalmente guadagnato un senso più conforme all'esistente, ciò grazie ad un 'maggior sentire', frutto di un venir meno sia delle abilità come della tirannia nei confronti delle cose. Questo unito alla notevole esperienza e alla libertà dovuta al notevole prestigio raggiunto in vita da questi artisti, ha fatto sì che la questione dello "slargo" sulla Terra acquisisse nell'arte la direzione del margine superficiale delle opere. Un'evidenza che non rimarrà monca di conseguenze nel futuro dell'arte stessa, divenendo nell'Impressionismo compiutamente cosciente, in quanto trasformatasi in una diffusa modalità rappresentativa; non più quindi relegata a singoli artisti e a singole fasi della loro produzione. L'*alea* della pennellata impressionista poi continuerà a crescere, facendo sì che le superfici dei quadri vadano man mano ad organizzarsi, attraverso gruppi di pennellate, in campiture o masse. Per campiture di colore tendenti all'omogeneità ad esempio nella pittura di Paul Gauguin e di

Henri Matisse, per masse invece, ossia gruppi di tinte gradualmente più eterogenee in pittori come Paul Cézanne[166].

E' evidente che più la materialità acquisisce spazio nel dipinto, sia come purezza del colore che come forma impertinente, più la verosimiglianza dei soggetti raffigurati svanisce. Difatti, sia con il Cubismo che con il Futurismo, si rasenterà il dissolvimento della figurazione stessa. Effettivamente il Cubismo avendo portato all'estrema conseguenza la ricerca volumetrica cézanniana, aveva ridotto i soggetti a delle composizioni fatte di masse diacritiche ben distinguibili, quasi fossero assemblaggi di elementi geometrici predefiniti. Mentre il Futurismo, cercando di riaprire al fremito aleatorio l'ormai troppo appesantito e statico soggetto cubista, questo l'aveva fatto letteralmente 'scoppiare' in mille pezzi. Dopo, ma anche mentre il soggetto 'scoppiava', si assiste anche al suo completo svanire, e ciò che era l'alea superficiale, diventerà nel quadro l'unica presenza. Si veda a riguardo l'Astrattismo di Vassilij Kandinskij, il

---

[166] Attraverso le considerazioni riguardanti sia gli artisti come i generi stilistici citati, non s'intende in questo contesto discorsivo vagliare le idee che hanno motivato di questi le loro realizzazioni artistiche, anche perché ciò comporterebbe un'analisi specifica che va oltre le possibilità del discorso che qui viene proposto. Si vuol invece prendere atto solo degli esiti per così dire formali di tali realizzazioni, le loro affinità fenomeniche più che significative, trascurando perciò le cause dalla visione a favore dell'attenzione alle condizioni metodiche e realizzative della visione stessa. Le tecniche impiegate sia dagli artisti come dalle particolari correnti segnalate, sono evidentemente più definite nell'accoglienza delle interferenze sia materiche che strumentali; più certamente che non in epoche ove l'obiettivo rappresentativo era maggiormente incentrato sulla resa verosimile delle raffigurazioni.

cui primo dipinto di questo genere è un acquerello datato 1910, ma anche nella sua accezione di 'pittura concreta' il Suprematismo di Kazimir Malevic. Altri artisti invece sull'orlo del dissolvimento del soggetto si avvieranno su un'altra via, quella definita nella storia dell'arte come il Ritorno all'ordine; in cui, assieme al recupero degli aspetti figurativi già consolidati, verranno riconsiderate anche tradizioni pittoriche molto anteriori, come indicativamente il Giottismo del qui ormai ex futurista Carlo Carrà.

IV. 5. Le cose viste dal dentro

Dopo questo percorso storico artistico volto a scorgere come le ragioni dell'uomo e quelle delle cose si sono 'fatte vedere' in alcune opere d'arte o fasi artistiche, e come queste hanno anche interagito al fine di mostrare la verità di ciò che presentavano, risultano poste alcune premesse per cercare di vedere nella prospettiva fin ora impostata, come già si è anticipato, una delle opere più anomale del Novecento: il *Grande vetro* di Marcel Duchamp. Ma per questo servono ancora alcune considerazioni introduttive. Innanzi tutto in riguardo al percorso storico artistico: dove si colloca l'opera di Duchamp? O meglio, a che punto egli ne incontra questo divenire? Ma anche, come questo incontro, se è avvenuto, 'entra' nel *Grande vetro*? Cerchiamo di procedere per gradi.

La produzione artistica di Duchamp prima del *Grande vetro* si può dire che attraversi i maggiori generi pittorici del suo tempo. S'inizia in modo esemplificativo con quello impressionista di *Casa nella foresta* del 1907, al cézanniano *Ritratto di Duchamp padre* del 1910, come al fauvistico *Giovane e fanciulla in primavera* del 1911, e ancora al cubistico *Sonata* sempre del 1911. Egli passa attraverso questi generi non certamente con un atteggiamento

176

riproduttivo, ma bensì con estro ed inventiva, tant'è che con quadri come il *Nudo che scende le scale* del 1912, diverrà impropriamente futurista. Infatti in un'intervista dichiarerà: "è strano, però, nel momento in cui i futuristi facevano furore in Italia, io ero a Monaco. Non ne conoscevo nessuno ed ignoravo perfino la loro esistenza. La celebre manifestazione futurista si tenne a Parigi nel gennaio del 1912 proprio nel momento in cui io stavo lavorando al mio Nudo."[167] Ciò evidenzia come Duchamp viva dall'interno il momento culturale che gli appartiene, più che non nel soffermarsi semplicemente ad osservarlo. Ciò lo porta quindi ad esiti simili con altri artisti, non tanto per un semplice interesse imitativo, ma perché anch'essi vivono nel suo medesimo momento culturale, e hanno in attenzione soluzioni espressive provenienti da concezioni tra di loro affini. Del resto egli impersonerà sia il clima culturale Dadaista, come più avanti anche quello Surrealista.

A questo punto viene da chiedersi: ma Duchamp chi è? Un artista che esprime il suo singolo sentire o l'universale sintesi culturale della sua epoca? Forse entrambe le cose, o comunque un artista che esprime il *suo sentire* proprio perché *sente* quello che è il senso del suo tempo. Ciò probabilmente grazie anche ad uno spirito soggettivo non esclusivamente concentrato su di sé, cosa

---

[167] Marcel Duchamp, *Marchand du sel*, Rumma, Salerno 1969, p.137.

che gli farebbe vedere il mondo, proprio perché esterno, solo nella sua esteriorità, ma bensì motivato a porsi nei confronti delle cose in modo da accoglierle in sé. In questo modo egli si dimostra in grado di offrire al suo tempo un'*immagine eidetica*, ovvero un'immagine costruita sulla base di quanto è percepibile nella nostra interiorità, non quindi in funzione della immediata visione esterna delle cose, ma attraverso quella mediata delle idee, che seppur nascenti sulla base dell'esistenza delle cose stesse, sono poi in noi che si ritrovano a crescere. Un atteggiamento affine quindi a ciò che Tristan Tzara definisce come "il grande principio del soggettivismo"; esso asserisce che "il mondo che ciascuno crea in se stesso, purifica l'opera d'arte e genera la comunione intima dell'anima con le cose."[168] Un principio che quindi non si pone neppure molto distante da quanto lo stesso Hegel aveva delineato dicendo che per l'artista "il suo operare non è la pura attività del concepire la quale si contrappone alla sua materia"... "ma in quanto non ancora del tutto sciolto dal lato naturale è unito immediatamente con l'oggetto in cui crede e con cui è identico secondo il più intimo io. La soggettività sta completamente nell'oggetto"[169].

---

[168] Arturo Schwarz, *Almanacco Dada*, Feltrinelli, Milano 1976, p. 360.

[169] G.W.F. Hegel, *Arte e morte dell'arte*, Mondadori, Milano 1997, p. 245.

Ma ciò che è fuori dubbio è che Duchamp non diverrà mai un pittore astrattista, ovverossia non rinuncerà mai alla presenza di un soggetto figurativo. Come già si è detto, egli nonostante riconosca l'importanza del caso non è in grado di adattarsi ad una pittura fatta totalmente di pennellate casuali.[170] Pertanto dopo lo 'scoppio' futurista egli sceglierà assieme all'amico Francis Picabia una nuova via, che non lo porterà né alla dissoluzione del soggetto figurativo, come nemmeno al recupero di modi espressivi già sperimentati. Questa novità sarà appunto la pittura meccanica. E sarà questo tipo di pittura che Duchamp impiegherà per realizzare il *Grande vetro*. Sicuramente perché come si diceva il disegno meccanico non "sottintende alcun gusto"[171], e si è visto come egli interpreti questo concetto, ma anche perché questo tipo di raffigurazione gli permette di usare uno strumento simbolico simile alla parola, facendo sì che sul Vetro egli possa, tramite la sintassi allusiva del movimento meccanico, narrare metaforicamente una storia. In questo senso il *Grande vetro* non è più solo un'opera pittorica, ma si è avvicinato anche al racconto letterario, mostrandosi come una sorta di letteratura visiva.

---

[170] Cfr, Marcel Duchamp, *op. cit.*, p. 138.

[171] *Ibid.*, p. 141.

IV.6. Le alee del Grande vetro

Nel Vetro in questione però un fatto importante è che il disegno meccanico ha 'depurato' da qualsiasi interferenza aleatoria le rappresentazioni che mostra. Duchamp, giunto attraverso le prove di carattere futuristico sull'orlo astrattistico della pura alea, ritiene di 'ripulire' dalla vibrazione i suoi soggetti. Difatti nel *Grande vetro* gli elementi raffigurati sono definiti con precisione, i colori accennano nelle tenui sfumature solo alle volumetrie. La sposa, ovvero quell'ipotetico meccanismo in alto a sinistra di chi guarda, ha perso l'iterazione delle linee marginali che caratterizzavano ancora 'cronofotograficamente' il *Nudo che scende le scale*. Se lì il soggetto poteva essere ritenuto ancora genericamente umano, proprio perché era l'alea ad interferire con i tratti consueti di un soggetto di questo tipo, ora la sposa, messa veramente a nudo, rivela la sua natura costituzionale: quella di un 'assemblaggio' metaforico dell'unicità, *mai vista*, del suo essere. La perdita dell'alea è evidenziata anche dal fatto che la sposa è pure nominata *Impiccato femmina*.[172] In effetti nella raffigurazione essa è appesa ad un gancio che ne rafforza l'idea di immobile fissità.

---

[172] Per quanto concerne sia la nominazione che le posizioni degli elementi sul *Grande vetro*, come anche le sue partizioni, viene considerato nel presente scritto il grafico a

Il *Grande vetro* è un'opera che Duchamp realizza tra gli anni 1915-1923. Esso appare come un insieme di elementi eterogenei più che un opera unitaria. "Non è nemmeno un quadro, è un ammasso di idee"[173] dice l'artista stesso. In effetti se già nel 1913 egli imposta i suoi progetti per quest'opera, in tempi ravvicinati realizza di alcuni elementi che lì compariranno delle singole opere, come ad esempio le due versioni della *Macinatrice di cioccolato*, la prima del 1913 la seconda del 1914, o anche i *Nove stampi maschi* del 1914-1915 e la *Slitta contenente un mulino ad acqua in metalli affini* del 1913-1915, ma pure altre opere o solo disegni ancora. Questo atteggiamento riunente di Duchamp si mostrerà in modo evidente almeno in altre due opere ancora: nella *Scatola in valigia*, realizzazione che raccoglie le riproduzioni miniaturizzate delle sue opere più significative e in *Tu m'*, un grande dipinto su tela. Il mettere in relazione opere che egli ha già realizzato, permette probabilmente a Duchamp di porle in un sorta di percorso, in modo che queste non mostrino solo il loro se stesse, ma anche il divenire delle idee che queste hanno prodotto. Gli elementi che confluiranno nel Vetro tenderanno difatti, anche per la purezza offerta loro dal disegno meccanico, a porsi come soggetti isolati ed esenti sia da qualsiasi tipo di

---

cura di Arturo Schwarz, realizzato quando Duchamp era ancora in vita. Cfr., Arturo Schwarz, *La Sposa messa a nudo in Marcel Duchamp anche*, Einaudi, Torino 1974, pp. 204-205.

animazione, come da ogni coinvolgimento di carattere emotivo e comunicativo. Come fossero singole lettere di un incomprensibile alfabeto che attendono di entrare nel senso di una parola per divenire finalmente qualcosa. E' forse anche per questo motivo che si è portati a considerare le opere rappresentanti gli elementi che ritroviamo sul *Grande vetro*, solo come studi preparatori di questo, e non come vere e proprie opere a sé, come invece sono. Ma il fatto di essere appunto già delle opere indipendenti e non solo degli studi preparatori, offre a questi elementi un'identità specifica, una sorta di personificazione, che gli permette di entrare nel Vetro con una propria autonomia: quella che sottolinea che le immagini hanno anche una *loro* storia, una *loro* vita, oltre alla *relativa* piacevolezza o meno della loro immagine.

Un altro fatto non secondario è inoltre quello che, per realizzare il *Grande vetro*, Duchamp abbia impiegato appunto il vetro; ciò per infondere ai suoi soggetti quell'aleatorietà marginale che invece il disegno meccanico gli aveva sottratto. Egli sceglie il vetro come supporto *riflettente* e *trasparente* dell'opera, in un modo che non ha più nulla a che vedere con l'occlusione della tela, ma che permette a esso di manifestare le sue peculiarità. Infatti se il riflesso del vetro viene mantenuto

---

[173] AAVV, *Marcel Duchamp*, Bombiani, Milano 1993, d.e. 16-12-1954.

semplicemente apponendo il colore sulla sua superficie posteriore, quello della trasparenza Duchamp lo ricava non dipingendo completamente il *Grande vetro*, ma solo gli elementi che lì compaiono, in modo da non fonderli in un fondale pittorico, ma in quello dell'ambiente ove il Vetro si colloca. Anche il dispositivo che lo sorregge è concepito affinché il Vetro sia collocato, non a parete, ma più al centro di una stanza, o comunque in un luogo ove lo spazio sul retro non sia solo quello di una parete ma bensì più propriamente di un ambiente. Cosa che caratterizza anche due altre opere su vetro che ritroveremo anche su quello Grande: *Da guardare (dall'altra parte del vetro) con un occhio, da vicino, per circa un'ora*, con un dispositivo di sostegno simile a quello del *Grande vetro*, e su questi ritrovabile in forma modificata come *Testimoni oculisti*, ma anche la già citata *Slitta contenente un mulino ad acqua in metalli affini*. Quest'ultima opera realizzata su un vetro a forma di mezza luna, possiede alle estremità perpendicolari due cerniere che permettono, oltre all'aggancio a parete, la mobilità del vetro, creando un effetto simile a quello dell'anta di una finestra, che in questo modo può divenire visibile da entrambi i lati.

Questi espedienti non sono però finalizzati a fare sì che i Vetri siano visibili anche nel retro, ma che ciò che sta dietro possa vedersi anche davanti. Ciò che Duchamp non ha dipinto, ma che ha considerato che il Vetro debba accogliere come *sua* dimensione imprevedibile, affinché esso si avvalga della temporalità *non finita* del continuo mutare. "L'invisibile non è oscuro né misterioso, è trasparente"[174] sostiene Octavio Paz. In effetti la trasparenza del vetro è il quotidiano e costante presente che lo investe, e che in esso è invisibile proprio perché mai si fissa, mai gli viene accreditata la presenza stabile e costante. E' probabilmente in quest'ottica che nella *Scatola verde,* titolo di un'edizione in trecento copie di appunti riguardanti progetti ed idee per il *Grande vetro,* e che Duchamp realizza come sorta di didascalia di quest'opera, troviamo: "specie di sottotitolo - ritardo in vetro" e poi "usare 'ritardo' invece di quadro o pittura; quadro su vetro diventa ritardo in vetro - ma ritardo in vetro non vuol dire quadro su vetro" e appena più avanti: "un ritardo in vetro, come si direbbe un poema in prosa o una sputacchiera d'argento".[175]

E' ben chiaro che Duchamp nel nominare "ritardo in vetro" abbia in mente d'indicare un genere di pittura, come fosse: Impressionismo, Cubismo... Ciò che è in ritardo nel Vetro è il suo 'già fatto': la parte pittorica, ma anche quella trasparente; dato che questi elementi provengono da un tempo passato rispetto a ciò che il Vetro 'raccoglie' nel presente contestuale di quel *dove* si

[174] Octavio Paz, *Apparenza nuda*, SE, Milano 1990, p.16.
[175] Marcel Duchamp, *op. cit.*, c.m., p. 61.

colloca. La sua sostanza si trova quindi ad essere sempre in ritardo rispetto a quanto il Vetro riesce invece a mostrare nella sua essenza. In questo senso perciò il genere "ritardo in vetro" non ha fatto svanire quell'alea temporale che ancora investiva il *Nudo che scende le scale*, ma l'ha solo trasformata; impostando l'evidenza del movimento, non in una sezione cronografica che riguardi solo una singola 'striscia' di tempo, ma bensì per tutta l'esistenza del Vetro stesso. Esso sarà quindi sempre *in ritardo* rispetto a quel divenire che, muovendosi incessantemente, lo circonda. Ma questa marginalità del divenire è molto anomala, dato che il momento in cui qualche cosa è fuori dal Vetro, è il medesimo in cui qualche cosa è anche al suo interno.

Ma se quell'alea contestuale che interferisce con il "ritardo" che il Vetro ha in sé può venir considerata come estremo sviluppo del 'fremito' aleatorio che in Tiziano e in Michelangelo s'insinuava sulla superficie delle figurazioni, con il *Grande vetro* Duchamp appare intento a recuperare anche un altro tipo di alea: quella *al margine*, ed esemplificata con i due dipinti di Giotto e Pietro Lorenzetti. Vediamo come. Innanzi tutto a questo scopo è prioritario identificare, almeno nei tratti essenziali, l'iconografia del Vetro. Non è possibile comunque nemmeno trascurare il titolo di quest'opera: *La sposa messa a nudo dai suoi scapoli, anche*. Ciò per il fatto che esso è parte dell'opera stessa, come del resto è usuale in Duchamp, e non è solo un nome che la contrassegna. Questo titolo mostra almeno due cose. La prima è che il soggetto del Vetro è una coppia: la sposa, uno, e i suoi scapoli, due. La seconda che il proposito di Duchamp non è quello di mostrare una condizione necessaria, come potrebbe appunto avvenire tramite un'ipotetica *'Sposa messa a nudo dal suo sposo'*. Egli con quel "anche", del titolo, intende invece farci vedere quello che della sposa è il 'resto'. Con questo termine s'intende qui ciò che è implicito in una situazione e che non appartiene a quanto invece se ne deve dare atto. In effetti una sposa, per essere tale, deve dimostrare di avere un marito, piuttosto che degli scapoli.

Quanto invece sembra interessare Duchamp è molto simile a quanto motiva nell'*Ultima cena* di Lorenzetti la presenza, oltre che dei necessari commensali, *anche* di chi pulisce i piatti. In modo simile l'artista francese racconta 'anche' di quelli che 'invisibilmente' partecipano al fatto che la sposa divenga tale. Ella nel divenire sposa, unendosi al suo sposo, 'crea' di conseguenza gli scapoli. Questi, in effetti, sono tutti coloro che la sposa ha reso tali nel momento in cui ha scelto un marito. Con ciò veniamo invitati ad osservare non solo la palese evidenza delle cose, ma pure quanto a primo avviso non si mostra, essendo appunto quanto non era nelle *intenzioni* della sposa: rendere i *non* scelti scapoli.

Inoltre la presenza di due soggetti principali è ritrovabile anche nella partizione del *Grande vetro*. Questo si compone di due sezioni ben distinte: la parte superiore, *Il regno della sposa*; quella inferiore, l'*Apparecchio scapolo*. In questa chiara suddivisione Duchamp ha posto due mondi distinti ma non corrispondenti, in quanto non si confanno a ciò che regola gli opposti. Cosa questa che vorrebbe invece che ad un regno della sposa ne corrispondesse uno dello sposo, e che per ogni apparecchio scapolo ve ne fosse uno nubile. Qui invece troviamo una sposa che *manca* della nubiltà, e che quindi non può corrispondere chi è scapolo, e viceversa questi che non essendo lo sposo, *mancando* di questa qualità, non può corrispondere la sposa.

Ciò che quindi viene alla ribalta attraverso lo sfalsamento dei due soggetti, è che questi non mostrano quello che come opposti sarebbero portati a *volere*, ma bensì quello che come mancanti invece *desiderano*. Un desiderio che è quindi il rimanente invisibile del volere, ciò su cui la logica di questi non ragiona. Quanto Duchamp intende raccontarci tramite quella mancanza originaria che caratterizza il desiderio, sembrerebbe possedere quindi i tratti della invisibile e assente Terra heideggeriana, la quale come il desiderio non viene mai considerata nella logica di come invece si *vuole che sia* il Mondo. Una Terra che comunque è imprescindibile dal Mondo della volontà, come sembrerebbe appunto per il desiderio, dato che ogni sposa è inscindibile dalla sua nubiltà originaria, come *anche* dal suo scapolato rimanente. In questo senso anche ogni volontà non può separarsi dal suo restante desiderio, proprio come ogni scelta volontaria, implicando un non scelto, non può mai separarsi da quel continuare a desiderarlo.

E' su queste concezioni che Duchamp svilupperà il suo racconto del *Grande vetro*. Questo ci narra appunto di una sposa che desidera i rimanenti scapoli, e viceversa questi che desiderano la sposa. Ma questa può essere solo una lettura, dato che quanto anima il Vetro in questione sono dei simboli, in un certo senso dei mancati essi stessi. Questi non confortandosi per la loro originalità nella tradizione, cosa che gli avrebbe permesso un significato già stabilito, hanno richiesto un nuovo complemento significativo, che Duchamp ha pensato di fornire attraverso le note della *Scatola verde*. Ma allo stesso tempo anche queste note non sono compiutamente esaustive.[176] Sembrerebbe che Duchamp si preoccupi sempre di fare in modo che manchi qualche cosa, chissà? Forse perché è solo ciò che manca quello che si cerca? E ciò che si cerca è in fondo sempre la verità di qualche cosa? Non è del resto altri che lui a dire che "l'artista non è il solo a compiere l'atto della creazione poiché lo spettatore stabilisce il contatto dell'opera con il mondo esterno decifrando e

---

[176] Cfr., Octavio Paz, *op. cit.*, p.38.

interpretandone le qualifiche profonde"?[177] Una di queste potrebbe benissimo essere contenuto nella seguente affermazione di Nietzsche: "l'uomo ha creato la donna - ma da che cosa? Da una costola del suo Dio - del suo *'ideale'*..."[178] E' comunque anche lo stesso Duchamp ad affermare che "la sposa ha un centro vita - gli scapoli non ne hanno. Essi vivono di carbone o altra materia prima derivata non da essi ma dal loro *non essi*."[179] In effetti è *la sposa che vive nell'idea*, è lei che possiede la scelta dello sposo, non gli scapoli che si trovano ad essere tali solo in conseguenza del fatto che lei si è sposata. Questi non possono quindi che vivere nella sua idealizzazione. La loro mancanza di centro è quanto li pone in balia di ciò che non è in loro, proprio perché l'idea appartiene alla sposa e al suo regno. Questo viene pertanto a definirsi come il luogo del superiore, com'è anche nella collocazione spaziale del Vetro; ma anche di ciò che è aereo e conciliabile con il soffio dello spirito. *L'iscrizione in alto* o *Via lattea* che compare vicino alla sposa, ha del resto l'aspetto di una nuvola che incorpora dei *Pistoni di corrente d'aria*. La suddivisione di due parti distinte attraverso ciò che Duchamp titola i *Vestiti della sposa* , o anche l'*Orizzonte*, suggerisce l'accostamento ad uno schema compositivo simile a quello delle

---

177 Marcel Duchamp, *op. cit.*, p. 150.

178 Friedrich W. Nietzsche, *Crepuscolo degli idoli*, Newton, Roma 1989, c.m., p.118.

179 Marcel Duchamp, *op. cit.*, c.m., p. 86.

"tradizionali Assunzioni", ci suggerisce Maurizio Calvesi, dicendo inoltre che in queste "la divisione tra terra e cielo è spesso marcata, ovviamente, dall'orizzonte (quando questo non è nascosto dalle nuvole) e la linea di demarcazione può essere sottolineata da un elemento netto e rettilineo, come in alcuni esempi medievali e rinascimentali. Lo schema" prosegue "è comune anche ad altre rappresentazioni sacre di soggetto analogo, come la Trasfigurazione (ben nota quella di Raffaello) o l'Ascensione."[180]

Il *Grande vetro* presenta quindi un mondo 'nudo', quello della sposa, che come tale è anche *puro*; e un altro, quello degli scapoli, che non possedendo il 'centro' ambisce ad ottenerlo dalla sposa, nella sua nuda assolutezza. Ma d'altronde anche la stessa sposa non è poi così tanto eterea, dato che le "scintille della sua vita costante" dice Duchamp, servono "allo sboccio di questa vergine arrivata alla fine del suo desiderio."[181] Che la sposa abbia uno 'sbocciare' di questo tipo, che sia quindi accostabile alla dipendenza impollinativa dei fiori, significa che anche a lei manca un centro: quello di non poter soddisfare di per sé il desiderio concreto delle scintille della sua vita. Questo discorso ha le sue conseguenze nella possibilità di scorgere nel regno superiore e

---

[180] Maurizio Calvesi, *L'opera chiave*, "Art dossier", n° 78, pp. 23-24.
[181] Marcel Duchamp, *op. cit.*, p. 80.

singolare della sposa, quello della facoltà della scelta intenzionale, ossia dell'*uno* ideale ed assoluto, mentre in quello inferiore e pluralistico degli scapoli, il luogo del *molteplice*, della vita contingente e concreta. Ma ciò che sembrerebbe importante in questo discorso, non è tanto il ravvisare una suddivisione dualistica di questo tipo, ma comprendere cosa questa comporti. Evidentemente che due mondi *si cerchino*: affinché l'idea, per così dire, desiderando dei piedi, divenga in grado di camminare, e questi ultimi, desiderando delle idee, divengano in grado di condursi a delle mete. A questo punto si potrebbe anche dire: ma Duchamp non poteva semplificare le cose e mostrarci come uno e molteplice si relazionano, senza doversi dilungare con una sposa e degli scapoli? Certamente! Solo che probabilmente l'aveva già fatto, si veda a proposito quanto detto in questo scritto in riguardo all'opera *Trois stoppage étalon*, ma anche perché forse si era accorto di dover considerare qualcosa di simile a quanto espresso da Nietzsche con quest'affermazione: "Nulla è più condizionato, diciamo anche più *limitato*, del nostro senso del bello. Chi volesse pensarlo scevro del piacere che l'uomo prova per l'uomo, perderebbe subito il terreno sotto i piedi."[182]

Ma sia sposa o assolutezza ideale, come scapoli o relatività concreta, il *Grande vetro* non si concentra solo nel mostrare i suoi

---

[182] Friedrich W. Nietzsche, *op. cit.*, p.167.

soggetti, ma come sulla spinta del 'motore' del desiderio, questi possono raggiungersi. E' in effetti questo *come* a spostare l'attenzione riguardante la verità del soggetto non tanto *su* se stesso, per come esso si mostra, ma nel suo *al di fuori*. Questo perché i due soggetti che Duchamp propone in modo non complementare, richiedono un medium estraneo al loro *se stessi*, al di fuori del loro margine, che ne colmi la loro insufficienza e gli permetta di realizzare quel *come* incontrarsi. Questo fuori dal margine dei soggetti, è quanto rappresenta il mondo delle cose, della materialità. Ciò che non ha nulla a che fare con il fatto che i soggetti desiderino, ma che invece è di loro l'effettivo destino, dato che è solo tramite esso che qualcosa può darsi nella sua realizzazione, e non solo nell'esclusiva idealità del desiderio. La realizzazione deve perciò fare i conti con un medium esterno, il quale ponendosi ai margini dei due soggetti li pone in relazione, definendone al contempo i margini stessi, il loro spessore ontologico. E' in questo punto che diviene importante capire come Duchamp consideri questo spazio così importante.

Egli affida la questione sostanzialmente al concetto di *infra-nince*. Sulla copertina di *Wiew* realizzata dall'artista compare la seguente scritta: "quando il fumo del tabacco sa anche della bocca che lo esala, i due odori si *sposano* attraverso l'infrasottile."[183] Inoltre in una intervista sostiene che "lo spazio vuoto tra la facciata anteriore e quella posteriore di un sottile foglio di carta... E' una categoria"... "di cui mi sono notevolmente occupato", e aggiunge: "ho scelto apposta la parola 'mince' (sottile), una parola umana, affettiva, che non è una misura esatta, da laboratorio."[184]

Come non pensare attraverso questa descrizione di Duchamp a quel "foglio di carta" che Giotto pone attraverso la sua croce dipinta, in modo che il *verso* di questa 'sappia' anche della popolare navata a cui la sacra immagine del *recto* si rivolge; e questa, viceversa, grazie a quella immagine possa 'sapere' un po' del sacro presbiterio? Oppure anche a quella 'misura affettiva' che riguarda la dinamica dei servitori nell'*Ultima cena* di Lorenzetti? Ma verrebbe anche da chiedersi: cosa centra tutto ciò con il *Grande vetro*? Per cercare di rispondere a questa domanda una prima considerazione dovrebbe riguardare quindi ciò che accomuna queste opere. La ripartizione spaziale dualistica innanzi tutto, come l'aver ripartito in questa bipolarità motivi simili: lo spazio sacro ed ideale distinto da quello quotidiano e concreto. Ma se negli autori medievali lo spazio quotidiano non è esplicitamente richiesto dal soggetto del dipinto, con Duchamp

[183] AAVV, *op.cit.*, d.e. 15-3-1945.
[184] *Ibid.*, d.e. 7-8-1945.

questo entra compiutamente nella logica del soggetto. Non è meno importante di questo, dato che esso stesso si 'soggettivizza' all'interno del titolo dell'opera; tant'è che quel secondario 'rimanente' che gli scapoli rappresentano nei confronti di un primario sposo, del quale però non v'è alcuna traccia, è ciò che li fa essere uno dei due soggetti principali del quadro, ciò di cui l'autore ritiene che vi sia da raccontarne la storia.

Duchamp in questo modo ha portato alla coscienza dell'essere un vero e proprio soggetto ciò che in quegli autori medievali non era necessario. Egli infatti vuole raccontare la storia di ciò che apparentemente non è indispensabile al volere, questi infatti potrebbe fondarsi solo sul dovere, e che invece è quanto probabilmente il volere stesso invisibilmente anima. Il desiderio in effetti è invisibile nel *Grande vetro*. Noi ne abbiamo sentore solo attraverso le note della *Scatola verde*. Ma è la sua storia che infonde 'umanità' al Vetro. Duchamp difatti vuole presentare come avviene che il desiderio della sposa entri in rapporto con quello degli scapoli e viceversa. Per questo egli delineerà due percorsi distinti che questi desideri dovranno percorrere, i quali pur essendo definiti attraverso elementi simbolici eterogenei, sottostanno entrambi principalmente alla medesima logica casuale.

Così ad esempio la fioritura-desiderio della sposa dovrà passare come messaggi attraverso i tre *Pistoni di corrente d'aria*, la cui "funzione", ci ricorda Arturo Schwarz, "è infatti quella di fermare i messaggi della sposa 'che devono raggiungere gli Spari e gli Spruzzi' nel tragitto verso lo Scapolo".[185] Bisogna comunque tener conto che per comprendere l'iconografia del *Grande vetro* non si può dimenticare che la simbologia di ciò che Duchamp realizza come elementi figurativi, ha il suo complemento intellettuale generalmente nel modo in cui egli pensava di costituire questi elementi, la loro storia realizzativa, e che ha consegnato per lo più alle note scritte. Difatti, dice Duchamp, la forma dei tre pistoni compresi nella *Iscrizione in alto* è stata ricavata da "3 foto di un pezzo di stoffa bianca - pistone di corrente d'aria; cioè stoffa accettata e rifiutata dalla corrente d'aria."[186] Gli spari che poi questo desiderio deve raggiungere, sono quei nove fori di cui si è già parlato in precedenza, eseguiti come *abilità ordinaria*, sparando un fiammifero imbevuto di colore per nove volte con un cannoncino giocattolo.

Ma anche il desiderio degli scapoli, si diceva, non ha una sorte molto diversa per cercare di raggiungere quello della sposa. Schwarz nomina questo 'viaggio' vera e propria "odissea dello

---

185 Arturo Schwarz, *La Sposa...* , cit., p.190.
186 Marcel Duchamp, *op. cit.*, p. 76.

scapolo"[187] Un'odissea in cui il desiderio di questi, qui divenuto *Gas illuminante*, si trova ad essere condizionato da diversi apparecchi meccanici. Infatti, che la parte inferiore riguardante il 'dominio degli scapoli' sia affollata da meccanismi la cui forma prediletta è la circolarità, è un fatto probabilmente non trascurabile, dato che ciò può far pensare ad un confronto tra causale e casuale, tra incoraggiamento ed ostacolo del desiderio. Significativo a proposito è quanto lo stesso Duchamp sostiene: "il prodotto del desiderio dell'assoluto"... "è lo scopo finale dell'uso di sistemi causali da parte dell'uomo"[188]. Il cerchio, nell'uguaglianza dei suoi raggi, permette in effetti un movimento certo, perché ripetitivo. In esso quello è comprensibile, si sa dove può iniziare e finire, dato che tutti i suoi punti sono uguali. Si potrebbe ipotizzare che attraverso l'isomorfismo del cerchio, l'uomo cerchi la soppressione delle differenze: una sorta di dominio sull'imprevedibile, affinché il suo desiderio della pura assolutezza della sposa si compia. Ma nonostante la volontà dell'uomo di non sopperire attraverso la sua arte all'imprevedibile, il tragitto rimane ciononostante impervio. Questo è quanto continua a raccontarci Duchamp, il quale fa continuare il viaggio del citato gas attraverso i *Vasi capillari*, in modo tale che per uno strano fenomeno di "stiramento del gas",

---

[187] Cfr. Arturo Schwarz, *op. cit.*, p.202.

dato da una certa "fisica divertente", che al 'desiderio scapolo' mostra giocosamente la sua debolezza, "il gas si trova (congelato) solidificato in forma di bacchette elementari".[189]

La forma dei *Vasi capillari* che nel *Grande vetro* fungono da elementi di sostenimento dei *Nove stampi maschi*, ossia le vestigia degli scapoli, è stata realizzata sulla base dei 3 *Rammendi-tipo*,[190] la cui modalità realizzativa è stata precedentemente descritta, e che è appunto avvenuta con la partecipazione del caso. Ma poi il viaggio del desiderio continua attraverso i *Setacci* o *Crivelli*, la cui colorazione era da raggiungere attraverso l'*Allevamento di polvere*. Del modo esecutivo di questo 'allevamento' esiste una testimonianza fotografica di Man Ray che ritrae il *Grande vetro* disteso longitudinalmente, con sopra un accumulo di tre mesi di polvere. Lo scopo di questa polvere era di essere fissata al Vetro con una lacca, e di divenire il colore dei *Setacci*.[191] Anche nel caso dei *Setacci* quindi il deposito casuale della polvere avrebbe dovuto costituire una caratteristica di questo elemento deputato al passaggio del 'desiderio scapolo'. Ma a questo punto l'odissea s'interrompe, in quanto Duchamp non realizzerà più quegli elementi che avrebbero permesso al *Gas illuminante* di passare ai

---

[188] Cit. di Duchamp, in Arturo Schwarz, *La Sposa...* , cit., p.275.

[189] Marcel Duchamp, *op. cit.*, p. 89.

[190] Arturo Schwarz, *La Sposa...* , cit., p.207.

[191] Cfr., AAVV, *op.cit.*, d.e. 20-10-1920.

Testimoni oculisti, e quindi di giungere come proiezione al cospetto del desiderio della sposa. Dice Duchamp: "è corretto affermare che il Grande Vetro sia 'incompleto', perché il toboga ed altri dettagli sono mancanti".[192]

In questo modo Duchamp era comunque riuscito ad offrire un'idea di ciò che è il travaglio che investe i desidero. Essendo questo non ciò che si vuole, il destino del desiderio si coniuga con quello dell'indefinibile. Che un desiderio si realizzi è per lo più affidato alla fortuna, ed è quindi principalmente nelle mani del caso. Il suo percorso è quindi imprevedibile. Può o meno giungere alla meta, ma quella del desiderio può essere anche una meta che le cose non desiderano. E' in questo senso che si riaffaccia quindi quella lotta interminabile tra le ragioni dell'uomo e delle cose.

"Uno dei peggiori nemici della libertà e della dignità dell'uomo" dice Odo Marquard "sembra essere il caso"[193], ma l' "uomo" che "è, ovvero deve essere, il risultato unicamente delle sue intenzioni",[194] non comprende che "più che attraverso la scelta, dunque tramite progetti, è attraverso i casi che noi

---

[192] AAVV, *op.cit.*, d.e. 6-8-1960.

[193] Odo Marquard, *Apologia del caso*, Mulino, Bologna 1991, p.141.

[194] *Ibid.*, p.143.

trascorriamo la vita e giungiamo a noi stessi."[195] Il senso di questa constatazione è quanto sembra voler raccontare anche Duchamp stesso, quando ci narra dell'insidioso e casuale percorso dei desideri nel *Grande vetro*. Un percorso che porta quel *sé* del desiderio ad una sorta di realizzazione; ma attenzione, non in un viaggio assolutizzato, bensì in ciò che avviene effettivamente: questi è, per giungere alla meta, la verità della lotta. La presenza degli elementi casuali nel Vetro ha lo scopo di fare in modo che i suoi soggetti raccontino ciò che è la loro condizione effettiva, e non solo ideale. Certo quella involontaria e marginale, e probabilmente anche inconfessabile, ma non per questo meno vera. Un vero che non è comunque da confondere con delle concezioni di tipo veristico o realistico, proprio perché queste sono ormai monche della possibilità di quella lotta che la perdita d'idealità gli ha arrecato.

Ed è anche nella ricerca di un vero di questo genere che il *Grande vetro* si accosta concettualmente ai dipinti esaminati di Giotto e Lorenzetti. Perché, sia nel caso di quelli, che nella detta opera di Duchamp, è quanto non appare indispensabile alla presentazione individuale dei soggetti, a infondergli la possibilità di partecipare e mostrare in modo più completo la verità che gli appartiene. Se Duchamp ci avesse offerto solo l'immagine della

---

[195] *Ibid.*, p.155.

sposa e degli scapoli, non ci avrebbe detto molto di quelli: forse solo l'ideale mancanza che deriva dal loro particolare accoppiamento. Mentre è invece nell'averci raccontato ciò che sta al di fuori del loro se stessi, attraverso quel percorso casuale del loro desiderio, che noi conosciamo chi sono veramente quei soggetti: quello che provano, quello che vivono.

La marginalità casuale infonde perciò ai propri soggetti uno spessore che ne approfondisce il carattere effettivo. Il non accontentarsi di quello che quindi proviene dallo strato intenzionale della raffigurazione, cioè la presenza di ciò che serve solo alla presentazione dei soggetti, equivale ad essere attenti a quelle ragioni delle cose che come materia sono lo strato in cui il soggetto si colloca. Una materialità che quindi appare come "accidentale" dice Marquard, e che "è 'ciò che potrebbe anche essere altrimenti', e che non è affatto da noi modificabile", proprio perché "non c'è solo l'accidentale dell'arbitrarietà, bensì anche l'accidentale del destino".[196] Questo legame con l'accidentalità materiale del destino, si configura quindi come *sorte*. Ossia quella condizione imprescindibile nella quale il soggetto può venir compreso nella sua essenza complessiva, più che solo in quella ideale. Ed è per comprendere la verità del Mondo che quindi non si può che sprofondare nello strato

---

[196] *Ibid.*, p.152

fondamentale della Terra, mostrando come questa sia sostanzialmente la sorte imprescindibile di quello.

IV.7. Come finisce A ed inizia B

Ma torniamo a Duchamp e vediamo quale ordine di problemi egli non avesse affrontato con l'interruzione nel 1926 del *Grande vetro*. Giunto con l'attuazione dei suoi progetti nei pressi dei vestiti della sposa, ovvero di quei prismi in vetro che dividevano, prima della rottura, longitudinalmente in due parti il Vetro, egli si ferma. In questo spazio erano previsti altri elementi atti a mostrare come il desiderio della sposa avrebbe potuto avere anche un po' il 'sapore' del desiderio degli scapoli. Ciò perché quest'ultimo desiderio doveva superare quell'*infra smille* rappresentato dall'abito della sposa. Questo transitare che doveva condurre in modo immateriale il desiderio degli scapoli nella zona dei *Nove spari* a cospetto del desiderio della sposa, doveva appunto essere solo il frutto di un *effetto*, e non un vero e proprio passaggio. La risultante quindi di un processo fittizio; quello che Duchamp nomina Wilson-Lincol, ossia di quei ritratti che guardati da un lato mostrano il viso di Wilson, e dall'altro quello di Lincol.

Ma di tutto ciò non appare nulla. Rimangono solo le vestigia dei *Testimoni oculisti*, che attraverso la loro funzione di 'proiettore' avrebbero avuto l'incarico di abbagliare le goccioline del gas-desiderio scapolo, proiettandone la vacua immagine oltre la cortina di vetro costituita dall'abito della sposa. Ma il gas non è mai arrivato da quella conduttura rappresentata dall'inesistente *Toboga*. I segni di un fallimento? Le vestigia di un complesso ed enigmatico impianto che non produrrà mai nulla? Non si può non chiedersi: come mai? E' comunque abbastanza evidente che in questa zona del Vetro Duchamp aveva concentrato degli interrogativi che potrebbero avvicinarsi ad una domanda di questo tipo: *come* qualche cosa diventa qualche cosa d'altro? In quel limite tra due realtà distinte doveva secondo l'autore giocarsi un vero e proprio *Match di boxe*, un altro elemento che era stato previsto per questo spazio. Qui in effetti si gioca la questione di come il *tutto* che la molteplicità degli scapoli rappresenta, entra in rapporto con l'*uno* ideale della sposa. O anche: *come* l'essere sostanziale delle cose si relaziona con l'essere spirituale del pensiero, dato che è proprio in ciò che l'essere stesso si definisce, ma che anche definisce? Definisce quando qualcosa non è qualcos'altro, fatto questo che porta l'interesse della questione non solo sul *come*, ma anche sul *dove*: dove quindi termina qualcosa e inizia qualcos'altro? Dov'è che ad esempio termina il mio essere e ne inizia un altro? Nel mio cervello? Nel mio corpo? Nel mio abito? Nella mia casa? Nella mia nazione? Nel mio mondo? Nel mio universo?

Duchamp su ciò non intende pronunciarsi quando nel 1923 reputa di non continuare ad eseguire il Vetro secondo i suoi progetti, secondo le risposte che per questa questione aveva formulato. E' probabile che queste non lo convincessero più. Che qualche cosa diventi qualche cos'altro solo come proiezione riflessa e sulla base del principio Wilson-Lincol, ossia semplicemente grazie a quel *dove* la si guarda, come fosse solo una questione relativa al punto di vista, probabilmente gli sembrava inadeguato. Difatti, se non esistesse nessuna differenza, ossia se queste fossero solo il frutto di un'illusoria proiezione, l'esistente non avrebbe altro da fare che crollare sulla sua insensatezza. Il fatto sostanziale è che queste *illusioni* sono *vere*. Non si può in effetti negare che l'esistente sussiste anche in modo indifferenziato, altresì saremmo certi dove qualche cosa finisce e dove inizia qualcos'altro, ma che anche sussiste la differenza, altrimenti non si spiegherebbe come il movimento possa avvenire: solo i fantasmi, ad esempio, passano attraverso i muri. Che invece due sussistenze opposte convivano, si mostra appunto nella contraddizione di trovarci di fronte ad una realtà composta da '*illusioni vere*'. Ma è proprio questa contraddizione che indica che due opposte verità possano anche accettare contraddicendosi di non negarsi, annullandosi reciprocamente, e quindi di continuare a mantenersi nella lotta per chi dice il vero, cioè continuare a percorrere la strada della ricerca della verità, che è anche quella che ne produce la sua storia.

Ora potremmo anche dire che Duchamp pensi d'interrompere la progettata esecuzione del *Grande vetro*, per attenderne il *suo ritardo*. Con ciò si vuol dire che non reputando convincente la *sua* risposta, di quello sospende l'esecuzione, attendendo che una risposta arrivi. E questa giungerà quando nel 1926 tramite un trasporto maldestro il Vetro andrà in frantumi. La cosa importante è che seppur rotto questo non verrà considerato un *vetro rotto,* cosa che sarebbe avvenuta se Duchamp avesse solo *usato* il materiale del vetro. Nella rottura del Vetro egli ravviserà invece una sorta di risposta agli interrogativi che aveva lasciato sospesi. La novità di questo frangente si fonda sul fatto che, con la rottura del Vetro, non è più l'intenzione di Duchamp a richiedere l'accordo con la casualità delle cose, come era avvenuto con *Trois stoppage étalon*. Ora è invece la materia del Vetro stesso che in un certo senso chiede l'apporto e la comprensione dell'intenzione umana per entrare nell'opera, e non essere quindi solo la causa di un vetro rotto. Duchamp lo capirà. In una intervista del 1955 in merito a questa sua grande opera, allora ormai rotta come anche già riparata, dirà: "sì, e più la guardo, più mi piace. Mi piacciono le incrinature, il modo in cui si propagano"... "hanno una forma, un'architettura simmetrica. Anzi, ci vedo una strana intenzione di cui non sono io il responsabile, un'intenzione già pronta in un certo senso che *rispetto* e che mi piace." [197] Infatti nel 1936 egli era andato appositamente negli U.S.A. per riparare quest'opera, mantenendone ove possibile le fratture, e pensando persino di proseguirne alcune con degli accorgimenti tecnici.[198] Questa attenzione di Duchamp alla libertà delle cose fa in modo che il *Grande vetro* mostri la verità del vetro, la bellezza della sua fragilità ad esempio, e non solo le immagini che a quello sono state assegnate. Il Vetro esibisce in questo modo i segni del suo divenire, parla della sua vita, e questa è fondamentalmente la sua irripetibile unicità.

Nel 1993 venne realizzata una prestigiosa mostra di Duchamp presso Palazzo Grassi a Venezia. Sia sul catalogo di questa che sull'agevole opuscolo orientativo che veniva fornito all'ingresso della mostra,[199] appaiono solo le foto del *Grande vetro* quando alla mostra del 1926 al Brooklyn Museum era ancora integro. Di questo venne esposta una replica del 1991-92 di Ulf Linde, che sul catalogo viene indicata come "copia conforme all'originale".[200] Viene da chiedersi quale *originale*? Quello *originario*

---

[197] Marcel Duchamp, *op. cit.*, c.m., p. 135.

[198] Cfr., Arturo Schwarz, *La Sposa...* , cit., p.181.

[199] Cfr., *Marcel Duchamp*, J.Gough-Cooper e J.Caumont, Bompiani, Sonzogno 1993.

[200] Cfr., AAVV, *op.cit.*, in assenza della numerazione di pagina si veda nell'indice delle opere la voce *Mariée mise à nu par ses célibataires, même.*

del 1926? L'originale vero non è quello, ma bensì il Vetro che attualmente è presente al Philadephia Museum of Art, ossia quello *rotto*! Ma forse quella viene ancora considerata un'opera rotta, *non conforme* all'intenzione dell'artista, soggetta alla sfortuna di frantumarsi. E poi, come si può rompere un vetro allo stesso modo di quello? Seppur padroni delle più sofisticate tecniche riproduttive, non si è ancora in grado di dominare il destino; proprio perché ogni vetro continua a rompersi sempre in modo diverso da un altro. E non è possibile veramente conformarsi all'originale, dato che questi non è solo il risultato delle nostre ragioni. Ma probabilmente si continua per alcuni versi a vedere in un vetro rotto un segno di debolezza umana, l'antitesi di ciò che ancora si considera come un'esecuzione 'a regola d'arte': la perfezione, il completo dominio delle cose. Tutto ciò comunque non riguardava Duchamp. E' vero, probabilmente neppure lui avrebbe voluto che il Vetro si rompesse. Anche se attraverso tutti quei rimandi al caso che si ravvisano nella definizione degli elementi che costellano i percorsi del desiderio, egli in un certo senso ne aveva preparato l'accoglienza. Il Vetro rompendosi non si è posto al di fuori della configurazione 'intenzionale' che già gli apparteneva. E' forse per questo, che chi appare meno turbato quando gli viene detto della rottura del Vetro, è proprio lui?[201]

---

[201] Cfr., *Ibid.*, d.e. 18-3-1936.

La materialità del vetro in fondo aveva dato la sua risposta a quella domanda che Duchamp, interrompendo l'esecuzione del Vetro, aveva inevaso. Come qualche cosa diviene qualche cosa d'altro? Con il *suo* tempo, aveva detto il Vetro. Un tempo che l'uomo può anche non conoscere, ma non per questo è meno importante di quello che egli conosce. Significativo a questo proposito è che il Vetro pur rompendosi nel trasporto del 1926, rimase in una cassa per diversi anni, prima che si scoprissero le sue fratture.

Duchamp morirà il 2 Ottobre del 1968. L'iscrizione sulla sua pietra tombale riporta questa sua frase: "d'altronde sono sempre gli altri che muoiono".[202] Se la materialità del Vetro aveva detto che le cose divengono altro a *suo* tempo, con questa frase lui dice invece che quella risposta vale solo per le cose, per ciò che è *diverso da noi*: perché sono solo gli *altri*, che muoiono davvero. Duchamp nella sua iscrizione tombale non ci può quindi parlare dall'aldilà, egli è morto, ma solo perché non vive più, non perché è diventato qualche *cosa* d'altro. E' come se approssimandoci alla sua sepoltura egli ci venisse di fianco sussurrando: 'povero Marcel, anche lui se n'è andato, non poteva che essere così, dato che sono sempre gli *altri* che muoiono'. Che la morte sia solo frutto di un effetto Wilson-Lincoln come lui

---

202 Arturo Schwarz, *La Sposa...* , cit., p.285.

aveva prospettato nel *Grande vetro*? Ossia che guardata da vivi mostra la sua inesorabile fine, mentre da morti la sua eterna vita? Ma forse è solo un effetto, dice ancora Duchamp, proprio perché "tutti noi serbiamo una curiosa fiducia istintiva nell'eternità, come se il tempo nel nostro caso personale, si dovesse fermare."[203]

La lotta per la verità continua. Duchamp ne è consapevole, ed è per continuare a permettere questa lotta che egli non smette di contraddirsi. "D'altronde", egli dice, io "non credo in niente, perché credere dà luogo ad un miraggio".[204] In questo modo non si fissa sulla singolarità dell'intenzione, ma fa in modo che in lui viva anche l'intenzione di ciò che è qualcosa d'altro. Questo incorporare istanze diverse e inconciliabili, è dato dal fatto che non è possibile possedere la verità, proprio perché questa vive nella sua ricerca. E' questo del resto ciò che egli suggerisce quando scrive: "progettando per un momento a venire (nel tal giorno, tal data, tal minuto), 'di dedicare un readymade'. Il readymade potrà in seguito essere cercato (con tutti i ritardi)."[205] Un 'bersaglio' progettuale che fa divenire possibile la ricerca di qualche cosa che ha già la *sua* forma, che è un *già fatto*, che quindi

---

[203] AAVV, *op.cit.*, d.e. 29-3-1952.

[204] *Ibid.*, d.e. 23-7-1964.

[205] Marcel Duchamp, *op. cit.*, p. 70.

non è una nostra proiezione fantastica. Questa verità delle cose potrà allora essere cercata, con tutti i ritardi, con tutta la *sua* e la *nostra* casuale autenticità, in modo che la verità non riguardi esclusivamente il nostro giudizio, non rimanga semplicemente una nostra prerogativa. Ciò non potrebbe che renderci invisibile quanto, pur appartenendo alla storia, non appartiene alle nostre idee. La verità non si conquista, essa si può solo cercare di viverla. Le tracce della verità rimarranno solo se questo tentativo sarà stato autentico. Le cose che Duchamp ci ha lasciato sembrerebbero proprio le impronte di chi ha seguito questa strada.

Una strada che non ha un unico senso in ciò che si crede, ma che accoglie anche quanto non è solo ed esclusivamente definibile nell'*uno* dell'idea. Questa è la 'corsia' di quel *tutto* che inerisce con l'indefinizione *ogni* cosa, ancor prima che possa divenire *qualche* cosa; e che emerge tramite il caso nella mancanza di una causa: nell'impossibilità di una circoscrizione. Un tutto indefinito quindi la cui assurdità non viene negata, anche al prezzo della contraddizione. Questa ambiguità è però la necessaria assenza della chiarezza univoca; quella che mostra appunto solo ciò che l'intenzione illumina, lasciando nell'invisibile ciò che *non serve*. Ma questi ci appartiene comunque, come imprescindibile e indefinibile sorte. Quella di un destino che, per mostrare la sua essenza, non può neppure esimersi dal raggiungere l'unità compiuta della sua definizione.

Bibliografia impiegata

- AAVV, *Il caso e la libertà*, Laterza, Bari 1994.
- AAVV, *Le dictionnaire Abrégé du surréalisme*, Imprimeries Réunies, Rennes 1969.
- AAVV, *Metafisica Surrealismo e Dadaismo*, Fabri, Milano 1967.
- Alain Badiou, *L'essere e l'evento*, tr. di Giovanni Scibilia, Il melangolo, Genova 1995 (tit. or. *Lêtre et l'événement*).
- Alain Badiou, tit. art. *E' esatto che ogni pensiero emette un tiro di dadi*, tr. di Marco Focchi, in "Agalma", 9, 1993 (tratto da una conferenza tenuta dall'autore nel 1986 per il ciclo *Les conferences du Perroquet*).
- Alquie Ferdinand, *Filosofia del Surrealismo*, tr. di Luigi Primcile Carafa, Hopeful Monster, Firenze 1986 (tit. or. *Philosophie du surréalisme*).
- A c. di Arturo Shwarz; *Documenti (Dada americano)*, Litografia Leschiera, Milano 1970.
- A c. di Arturo Shwarz; *Documenti (Dada francese)*, Litografia Leschiera, Milano 1970.
- A c. di Arturo Shwarz; *Documenti (Dada germanico)*, Litografia Leschiera, Milano 1970.
- A c. di Arturo Shwarz; *Documenti (Dada italiano)*, Litografia Leschiera, Milano 1970.

A c. di Arturo Shwarz; *Documenti (Dada svizzero)*, Litografia Leschiera, Milano 1970.

- Benedetto Croce, *Estetica come scienza dell'espressione e linguistica generale*, Laterza, Bari 1965.

- Émile Noël, *Aggiornamenti sull'idea di caso*, tr. di Libero Sosio, Bollati Boringhieri, Torino 1992 (tit. or. *Le hasard aujourd'hui*).

- Eraclito, *Eraclito frammenti*, a c. e tr. di Miroslav Marcovich, tr. dall'inglese di Piero Innocenti, Nuova Italia, Firenze 1978(tit. or. *Heraclitus*)

- Eugen Fink, *La filosofia di Nietzsche*, tr. di P. Rocco Traverso, Marsilio, Venezia 1979 (tit. or. Nietzsches Philosophie).

- F.Tommaso Marinetti, *Teoria e invenzione futurista*, a c. di Luciano de Maria, Mondadori, Milano 1983.

- A c. di Giampiero Posani, *Per conoscere l'avventura Dada*, Mondadori, Milano 1972.

- Gianni Vattimo, *Introduzione a Heidegger*, Laterza, Bari 1971.

- Giorgio Franck, *Esistenza e fantasma*, Feltrinelli, Milano 1989.

- Hans Richter, *Dada arte e antiarte*, tr. di M.L.Fama Pamploni, Mazzotta, Milano 1966 (tit. or. *Dada Kunst und Antikunst*).

- Hugent Georges, *L'avventure Dada*, Seghers, Paris 1971.

- Immanuel Kant, *Critica del Giudizio*, a c. di Alberto Bosi, U.T.E.T., Torino 1993.

- Ivar Ekeland, *A caso*, tr. di Libero Sosio, Bollati Boringhieri, Torino 1992 (tit. or. *Au hasard*).

- Ivos Margoni, *Per conoscere A.Breton e il Surrealismo*, Mondadori, Milano 1976.

- Jean-François Lyotard, *I transformatori Duchamp*, tr. di Elio Grazioli, Hestia, Cernusco 1992 (tit or. *Les transformateur duchamp*).

- A c. di Luisa Valeriani, Dada Zurigo Ball e il Cabaret Volteire, Martano, Torino 1970.

- Mark Kac, *Gli enigmi del caso*, Bollati Boringhieri, Torino 1986 (tit. or *Enigmas of Chance*).

- Marta Ragozzino, *Dada*, Giunti - Art dossier, 90.

- Marta Ragozzino, *Surrealismo*, Giunti - Art dossier, 103.

- Maurizio Calvesi, *Duchamp invisibile*, Officina, Roma 1975.

- Monod Jaques, *Il caso e la necessità*, tr. di Anna Busi; Mondadori, Milano 1974 (tit. or. *Le hazsard et la necessité*).

- Nadeau Maurice, *Storia e antologia del Surrealismo*, tr. di Marcello Militello, Mondadori, Milano 1972 (tit. or. *Histoire du surréalisme*).

- Pierluigi De Vecchi - Elda Cerchiari, *Arte nel tempo*, Bompiani, Milano 1997.

- Rubin Williams, *L'arte Dada e Surrealista*, tr. di Domenico Tarizzo, Rizzoli, Milano 1972.

- Stéphane Mallarmé, *Igitur-Divagations-Un coup de des jamais n'abolira le hazard*, Gallimard, Parigi 1970.

- Umberto Galimberti, *Invito al pensiero di Heidegger*, Mursia, Milano 1986.

- Umbro Apollonio, *Futurismo*, Mazzotta, Milano 1970.

Indice

www.temperino-rosso-edizioni-com